Xīnbiān Pǔtōnghuà Jiàochéng

新編普通話教程

初級

修訂版

錄音掃碼即聽版

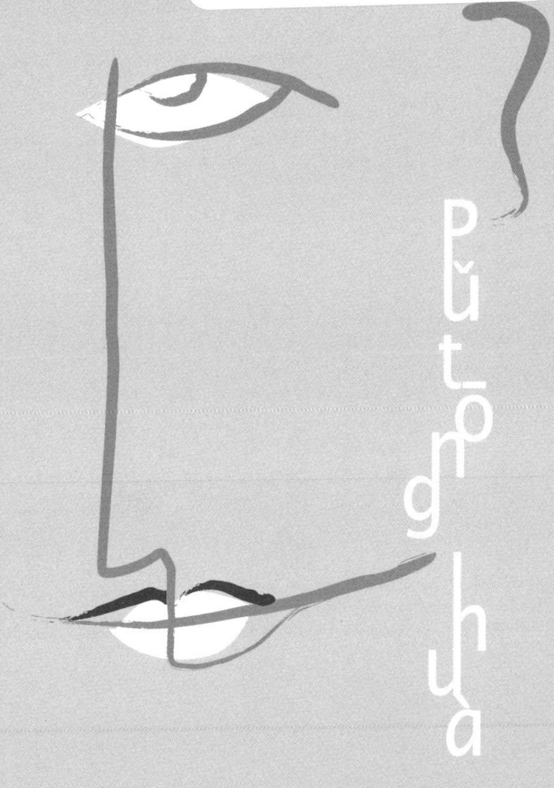

編著_肖正芳+楊長進+張勵妍

統籌_姚德懷 主編_繆錦安

出版説明

本教材初版於 1988 年，多年來深受廣大普通話教師和學習者歡迎。其間，因應普通話教學內容和考試要求的發展，本教材數次再版。此次新版，在 2012 年版本上訂正個別字詞注音，同時為了更好地適應當下讀者的使用習慣，我們將配套錄音光盤改為在線錄音資源，讀者可通過掃描二維碼或登錄網址等方式獲取音頻。

希望本教材能給廣大讀者提供切實的幫助，如有疏漏，懇請讀者批評指正。

三聯書店（香港）有限公司
編輯部
2023 年 8 月

修訂說明

本教材於 1988 年面世，至今已 24 年了。承蒙讀者愛戴，初級印刷 44 次，中級 25 次，高級 19 次。二十多年來，語言教學的理論和實踐都有很大發展，社會生活也有很大變化。為此，我們對這套教材做了較大的改動和修訂，保持了讀者喜愛的原有格局，重新編寫了內容，以嶄新的風貌呈獻給大家。

修訂後有兩個特點：一是漢語拼音體系更科學、更規範。針對香港人學習普通話的難點，加強了語音、詞彙、語法的練習。二是會話部分更換了大量的課文。加強了口語元素，會話內容反映當前社會生活，會話用語體現當下普通話交際實況，使讀者學以致用，立竿見影。

修訂版分工如下，初級：語音部分張勵妍，課文部分楊長進；中級：語音部分肖正芳，課文部分肖正芳；高級：語音部分張勵妍，課文部分楊長進。審閱繆錦安，統籌姚德懷。

水平有限，難免錯漏，祈望指正！

編者謹識

2012 年 9 月

目 錄

編者的話

語音部分

課文部分

附錄

編者的話

香港中國語文學會成立於 1979 年。教學普通話，以至進行有關普通話的研究、出版、宣傳和推廣，一直是學會的重點工作之一。

學會的普通話課程分（1）基礎課程和（2）深造、專業課程（包括考試課程）兩大類。基礎課程又分初級、中級和高級，每級上課時間約為 24 小時，整個基礎課程的講授時間約為 72 小時。沒有學過普通話的學員一般就從初級學起，完成高級班課程，大致可達到香港考試局舉辦的"普通話水平測試（普通程度）"的水平。

多年來，本會陸續以課本和講義的形式編寫和出版了初級、中級和高級普通話教材，用過這些教材的學員數以萬計。1985 年開始，我們對這些舊教材進行了較大的修改和補充。使它們更具系統性、更具針對性，結果就是現在與大家見面的這套新教材。

新教材的編制仍舊和以前一樣，分初級、中級、高級三冊；授課時間也相應維持不變。

新教材是在多年的教學經驗基礎上編成的，其中的語音、詞彙、語法知識部分重點突出、簡明易懂，而課文部分則語言材料比較豐富，實用價值較高。三冊教材階段分明，內容聯繫緊密，由淺入深，循序漸進。

下面就香港地區普通話教學應注意的問題，結合本教材，提一些建議，供教師和學生參考。

1. **注重練習**　學好普通話的關鍵是多聽、多講、多練。

因此，在語音、詞彙、語法知識部分內我們精心設計了大量的練習。這些練習形式多樣，針對了香港人學習普通話的難點，相信很有實用意義。

2. **提供話題** 在課文部分，除了編排了練習之外，我們還提供了一些跟課文有關的話題，方便教師展開學生之間的交談。目前，在香港聽和講普通話的機會不多。因此，課堂上的交談和會話就十分重要。通過會話，可以發現學生的弱點，及時改進。每節課，教師應該安排二十分鐘到半小時的時間讓學生用普通話交談。

3. **注重實踐** 我們認為：在基礎課程階段，教學普通話主要是技能訓練，不是知識傳授。因此這套教材注重實踐，注重辨音能力和會話能力的提高，把與技能訓練關係不大的理論留給深造專修課程。

4. **學生要學好漢語拼音方案** 漢語拼音方案是現在國際上通用的為漢字注音的工具。我們也採用了漢語拼音為漢字注音，希望學員們重視它，學好它。學好漢語拼音，就能從字典查字音。從這個角度看，如果説漢語拼音是永久的、可靠的老師，也不為過。

5. **教師可以適當地組織課本以外的活動** 語言的學習，只有在實踐中才能掌握和鞏固。在課堂上也要靠語言實踐活動來推動教學。因此，除了上述的“練習”“話題”外，從語言交際的實際出發，設計一些課本以外的活動進行教學，有時能收事半功倍之效，例如朗誦、歌唱、遊戲、短劇等等，就有助於活躍課堂的氣氛。但是這些活動應該針對學員的特點去組織，而且應該適可而止，絕對不宜過度。

6. **學生要好好利用電子資源和字典** 三冊教材都配有標準普通話讀音的電子聲檔。如果學生能每天抽三五分鐘聽一聽，練一練，收效一定很大。標準字典對掌握普通話的字音非常重要，我們建議教師抽一定時間向學生講解字典的重要性和使用方法。學生最好人手一本。

7.　**關於初級教材**　語音部分系統地介紹了漢語拼音方案，着重實際發音訓練和對漢語拼音的初步認識。(說明中，我們盡量少用語言學術語。為了方便教師，我們也偶爾用上了一些，但不要求初級班的學員去學習這些術語。）課文均為日常會話，每課後面，還附有有關的常用詞語以及配合語音訓練的練習。學生學完後能夠作簡單的應對。

本教材由香港中國語文學會教材編寫組編寫。1982 年初版編寫組成員為：李樂毅、許耀賜、姚世榮。新版編寫組的具體分工為：統籌：姚德懷；主編：繆錦安；課文部分的編寫和改編：肖正芳；語音和練習的編寫：楊長進、張勵妍。

本教材既適用於普通話班，也適用於小組學習及自修，歡迎學校、公司、政府及民間推普機構採用。

敬請批評、指正！

香港中國語文學會教材編寫組

1988 年 3 月

1988 年第一次印刷所印的“編者的話”，至今對教程使用者仍有指導意義，所以修訂版照錄沿用(第一次印後略有修改)。

2012 年 9 月

語音部分

第一課　聲調

四聲－ ˊ ˇ ˋ

聲調是音節（字）發音時的高低升降。它跟聲母、韻母一樣，有區別字義的作用，是音節不可缺少的一個成分。普通話的基本聲調有四種，即陰平（第一聲）、陽平（第二聲）、上聲（第三聲）和去聲（第四聲），分別用－ ˊ ˇ ˋ 四個符號表示，標在主要元音上。

在詞或句子裏，有些音節會失去原來的聲調，變得又輕、又短，這種音變叫做輕聲。輕聲音節不標聲調符號。

一、四聲示意圖

用五度標調法可以把四種聲調表示出來：

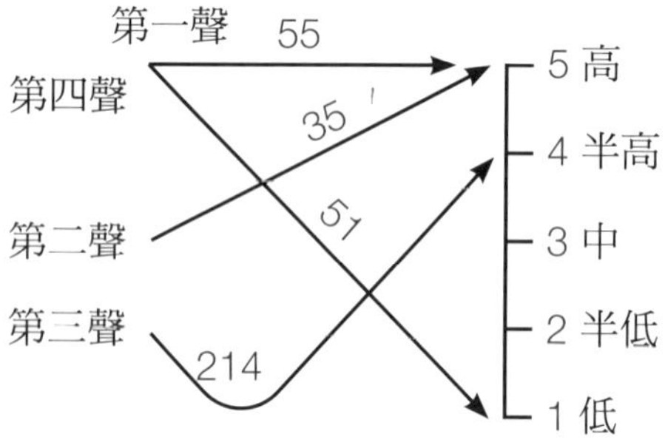

二、聲調表 A1-1

調類	調號	調值	特點	例字
陰平（第一聲）	ˉ	55	高平	媽
陽平（第二聲）	ˊ	35	中升	麻
上聲（第三聲）	ˇ	214	降升*	馬
去聲（第四聲）	ˋ	51	全降	罵
輕聲	不標	視情況而定	輕、短	嗎

＊在一般情況下，第三聲只發降調部分，只有低音部分。

三、聲調發音的比較

普通話的第一、二聲，是高平和中升調，廣州話中有調值相當的聲調；普通話第三聲是降升調，廣州話中沒有，只有相近的低平調；普通話第四聲是全降調，廣州話中第一聲有兩個調值，除了高平調，還有一個高降調，普通話第四聲近似廣州話的高降調。舉例如下：

普通話	廣州話	比較
攤（高平 55）	攤*（高平 55）	調值相同
壇（中升 35）	坦（中升 35）	調值相同
坦（降升 214）	壇（低平 11）	調值近似
探（全降 51）	攤*（高降 53）	調值近似

＊“攤”在廣州話可唸高平或高降（53）兩個調值。

四、四聲練習 A1-2

1.

	ˉ	ˊ	ˇ	ˋ
ba	巴	拔	把	罷
po	坡	婆	叵	破
mi	眯	迷	米	密
fu	夫	福	府	副
du	督	毒	賭	度
ti	梯	提	體	替
ni	妮	泥	你	膩
lu	嚕	盧	魯	路
	中	華	偉	大
	山	河	美	麗
	英	雄	好	漢
	高	揚	轉	降
	多	讀	幾	遍
	非	常	好	記

2.

ˉˉ	ˉˊ	ˉˇ	ˉˋ
香蕉	香腸	香港	香皂
ˊˉ	ˊˊ	ˊˇ	ˊˋ
同班	同時	同等	同樣

ˇ ˉ	ˇ ˊ	ˇ ˇ	ˇ ˋ
請聽	請求	請早	請問
ˋ ˉ	ˋ ˊ	ˋ ˇ	ˋ ˋ
電燈	電鈴	電腦	電話

練　習

一、請讀讀下面的姓氏，判斷它們的聲調，把它們寫在適當的方格裏。

1. 溫　2. 馬　3. 唐　4. 方　5. 劉　6. 麥　7. 李

8.（你自己的姓）

	ˉ	ˊ	ˇ	ˋ
1.				
2.				
3.				
4.				
5.				
6.				
7.				
8.				

二、請留心聽教師的發音，給下列漢字標上聲調符號。

第一聲和第四聲：

1. 高（　）告（　）　2. 灰（　）會（　）

3. 偷（　）透（　）　4. 廢（　）飛（　）

5. 音（　）樂（　）　6. 四（　）方（　）

7. 汽（　）車（　）　8. 黑（　）色（　）

第二聲和第三聲：

1. 眉（　）美（　）　2. 海（　）孩（　）

3. 洗（　）習（　）　4. 偉（　）圍（　）

5. 好（　）人（　）　6. 離（　）島（　）

7. 明（　）早（　）　8. 往（　）來（　）

第二課 韻母（一）/ 聲調對比

單韻母 a o e i u ü ê er

普通話的音節，通常由聲母、韻母、聲調三部分組成（有的音節可以沒有聲母）。

普通話韻母可以分成三類，即單韻母、複韻母及鼻韻母。

學習單韻母要注意：（1）口形，（2）舌位。

一、詞語練習 A2-1

a	bàba	爸爸	māma	媽媽
o	pópo	婆婆	mó mò	磨墨
e	gēge	哥哥	hégé	合格
i *	jīqì	機器	mìmì	秘密
u	gūmǔ	姑母	túshū	圖書
ü	qūyù	區域	lǜyù	綠玉
ê	ê（－ˊˇˋ）	誒		
er	ěrduo	耳朵	èr'ér	二兒

＊ i 標上調號時，上面的圓點省略。

二、對比練習 A2-2

1. ɑ 和 e（注意口形、舌位）

dádào	達到	dédào	得到
kǎchē	卡車	kèchē	客車

2. e 和 o（注意口形）

hē shuǐ	喝水	pō shuǐ	潑水
dà hé	大河	dà fó	大佛

3. e 和 i（注意不要和英文混淆）

Qǐdé	啟德	qǐdí	啟迪
lèyuán	樂園	Lìyuán	荔園

4. u 和 ü（注意 ü 上的兩點）

nùshì	怒視	nǚshì	女士
yílù	一路	yílǜ	一律

三、聲調對比 A2-3

1. 第一聲和第四聲

baoxiao	包銷	ˉˉ	報銷	ˋˉ
xinsuan	心酸	ˉˉ	心算	ˉˋ
banjia	搬家	ˉˉ	半價	ˋˋ
bingshi	兵士	ˉˋ	病勢	ˋˋ
jingong	進攻	ˋˉ	進貢	ˋˋ

2. 第二聲和第三聲

jihe	集合	ˊˊ	幾何	ˇˊ
tuhua	圖畫	ˊˋ	土話	ˇˋ
zhuxi	竹蓆	ˊˊ	主席	ˇˊ
yanxi	研習	ˊˊ	演習	ˇˊ
duqi	毒氣	ˊˋ	賭氣	ˇˋ

練　習

一、請留心聽教師的發音，並注意觀察教師發音的口形，把下列各字的韻母寫出來。

a / o / e	1. 巴（　　）	2. 喝（　　）	3. 大（　　）
	4. 坡（　　）	5. 格（　　）	6. 佛（　　）
i / u / ü	7. 路（　　）	8. 洗（　　）	9. 許（　　）
	10. 途（　　）	11. 女（　　）	12. 比（　　）
綜合	13. 雞（　　）	14. 特（　　）	15. 怕（　　）
	16. 姑（　　）	17. 耳（　　）	18. 取（　　）

二、請留心聽教師的發音，給劃有底線的漢字標上聲調符號。

1. 我<u>家</u>住在<u>筲箕灣</u>。

2. 他<u>明年十</u>歲了。

3. 這是<u>我</u>親<u>手</u>做的<u>點</u>心。

4. 我<u>要</u>努<u>力</u>學好普通<u>話</u>。

第三課 聲母（一）/ 拼音

b p m f　d t n l　y w

一個音節通常可以分為前後兩部分，聲母在前，韻母在後。例如：ba 中的 b 是聲母，a 是韻母。

學習聲母要注意：(1) 發音部位，(2) 發音方法。

一、詞語練習 A3-1

b	bǎobèi	寶貝	báibù	白布
p	pīpíng	批評	pūpái	鋪排
m	mùmǎ	木馬	mǎi mài	買賣
f	fāngfǎ	方法	fēifán	非凡

d	dàdǎn	大膽	dédào	得到
t	táotài	淘汰	Tiāntán	天壇
n	nánnǚ	男女	niúnǎi	牛奶
l	láilì	來歷	lǐlùn	理論

y	yìyīn	譯音	yúyuè	愉悅
w	wēiwàng	威望	wénwù	文物

二、對比練習 A3-2

1. 不送氣音 b、d 和送氣音 p、t

biānpái	編排	pángbiān	旁邊
bànpiào	半票	pàibié	派別
bàopò	爆破	pǔbiàn	普遍
dàitì	代替	tàidu	態度
dǎotā	倒塌	tiàodòng	跳動
dǎtōng	打通	tèdiǎn	特點

2. n 和 l

nǐ xiǎng	你想	lǐxiǎng	理想
nánzǐ	男子	lánzi	籃子
nánbù	南部	lánbù	藍布
dàniáng	大娘	dàliáng	大樑
lǎoniú	老牛	Lǎo Liú	老劉
yì nián	一年	yìlián	一連

三、拼音練習

大部分普通話的音節，都由聲母和韻母組合而成，而韻母也可以自成音節，不跟聲母組合。

i、u、ü 前面沒有聲母時，會以 y 和 w 開頭，i 寫成 yi，ü 寫成 yu，u 寫成 wu。yi、yu、wu 是整體認讀音節，不用拼音，直接讀出。

1.

聲母＼韻母	a	o	e	i	u	ü
b	ba	bo		bi	bu	
p	pa	po		pi	pu	
m	ma	mo	me	mi	mu	
f	fa	fo			fu	
d	da		de	di	du	
t	ta		te	ti	tu	
n	na		ne	ni	nu	nü
l	la		le	li	lu	lü

2.

	i	u	ü
y	yi		yu
w		wu	

練　習

一、請留心聽教師的發音，並注意觀察教師的發音部位和方法，把下列各字的聲母寫出來。

b 或 p

1. （　　）報　（　　）炮
2. （　　）批　（　　）逼
3. （　　）配　（　　）備

d 或 t

4. （　　）套　（　　）到
5. （　　）跳　（　　）掉
6. （　　）天　（　　）顛

n 或 l

7. （　　）年　（　　）連
8. （　　）林　（　　）您
9. （　　）女　（　　）旅

綜合

10. （　　）非　11. （　　）台　12. （　　）島　13. （　　）買

14. （　　）培　15. （　　）利　16. （　　）牛　17. （　　）邊

二、讀出下列拼音，找出相應詞語，把代表字母填在括號中。

1. bómǔ	(　　)	A. 土地
2. dǔbó	(　　)	B. 努力
3. nǔlì	(　　)	C. 伯母
4. détǐ	(　　)	D. 娛樂
5. dàfó	(　　)	E. 賭博
6. fǎlǜ	(　　)	F. 瀑布
7. tǔdì	(　　)	G. 得體
8. pùbù	(　　)	H. 大佛
9. wùlǐ	(　　)	I. 法律
10. yúlè	(　　)	J. 物理

第四課 韻母（二）

複韻母 ai ei ao ou

學習複韻母的發音要注意：

（1）舌頭和嘴唇要逐漸變動，就是必須由前一個元音向後一個元音滑動；

（2）在發音過程中，氣流要連續，像發一個音一樣。

一、詞語練習 A4-1

ai	báicài	白菜	hǎidài	海帶
ei	féiměi	肥美	pèibèi	配備
ao	bàogào	報告	táopǎo	逃跑
ou	Ōuzhōu	歐洲	kǒutóu	口頭

二、對比練習 A4-2

ao 和 ou

Àozhōu	澳洲	Ōuzhōu	歐洲
chǎonào	吵鬧	chǒulòu	醜陋
tāo qián	掏錢	tōu qián	偷錢

yáo chuán	搖船	yóuchuán	郵船
zāogāo	糟糕	zǒugǒu	走狗

三、拼音練習

韻母 聲母	ai	ei	ao	ou
b	bai	bei	bao	
p	pai	pei	pao	pou
m	mai	mei	mao	mou
f		fei		fou
d	dai	dei	dao	dou
t	tai	tei	tao	tou
n	nai	nei	nao	nou
l	lai	lei	lao	lou

練　習

一、請留心聽教師的發音，把下列各字的韻母寫出來。

(　　)	(　　)	(　　)	(　　)
1. 該	2. 溝	3. 包	4. 飛
(　　)	(　　)	(　　)	(　　)
5. 刀	6. 悲	7. 周	8. 帶
(　　)	(　　)	(　　)	(　　)
9. 腦	10. 妹	11. 哀	12. 後

二、讀出下列拼音，找出相應詞語，把代表字母填在括號中。

1. Táiběi	(　　)	A.	代勞
2. nèidì	(　　)	B.	烤肉
3. hǎi'ōu *	(　　)	C.	漏斗
4. měilì	(　　)	D.	內地
5. dàiláo	(　　)	E.	美麗
6. bǎobèi	(　　)	F.	悲哀
7. lòudǒu	(　　)	G.	堡壘
8. kǎoròu	(　　)	H.	台北
9. bǎolěi	(　　)	I.	海鷗
10. bēi'āi *	(　　)	J.	寶貝

＊　a、o、e 開頭的音節連接在其他音節後面時，音節界限容易混淆，須用隔音符號“'”隔開。

第五課　聲母（二）

g k h　j q x

一、詞語練習 A5-1

g	Gùgōng	故宮	gǎigé	改革
k	kèkǔ	刻苦	kěkào	可靠
h	héhuā	荷花	hánghǎi	航海
j	jījí	積極	jiējìn	接近
q	qīqì	漆器	qīnqiè	親切
x	xiūxi	休息	xuéxí	學習

二、對比練習 A5-2

1. 不送氣音和送氣音

guī běn	歸本	kuīběn	虧本
gǔshì	股市	kǔ shì	苦事
bú gàn	不幹	bú kàn	不看
jíbù	疾步	qíbù	齊步
jiāndìng	堅定	qiāndìng	簽訂
jīnshēng	今生	qīnshēng	親生

2. k 和 h

kūjiào	哭叫	hūjiào	呼叫
kuān xīn	寬心	huānxīn	歡心
kěyǐ	可以	héyǐ	何以
kǎoshì	考試	hǎoshì	好事
kuīfù	虧負	huīfù	恢復

三、拼音練習

1.

韻母 / 聲母	ai	ei	ao	ou
g	gai	gei	gao	gou
k	kai	kei	kao	kou
h	hai	hei	hao	hou

2.

韻母 / 聲母	i	ü*
j	ji	ju
q	qi	qu
x	xi	xu

* 在 j、q、x 後面，ü 上的兩點省略。

練　習

一、請留心聽教師的發音，把下列各字的聲母寫出來。

g 或 k　（　　）（　　）　　（　　）（　　）
1.　開　　該　　2.　靠　　告

（　　）（　　）
3.　工　　空

k 或 h　（　　）（　　）　　（　　）（　　）
4.　漢　　看　　5.　科　　喝

（　　）（　　）
6.　昏　　昆

j 或 q　（　　）（　　）　　（　　）（　　）
7.　精　　青　　8.　且　　姐

（　　）（　　）
9.　尖　　千

綜合　（　　）　（　　）　（　　）　（　　）
10.　消　11.　官　12.　黑　13.　換

（　　）　（　　）　（　　）　（　　）
14.　錢　15.　講　16.　考　17.　選

二、讀出下列拼音，找出相應詞語，把代表字母填在括號中。

1. gǎigé	( )	A.	海口
2. xǔkě	( )	B.	客氣
3. lǎohǔ	( )	C.	戲劇
4. hǎikǒu	( )	D.	許可
5. tèqū	( )	E.	改革
6. kèqi	( )	F.	老虎
7. xìjù	( )	G.	機構
8. jīgòu	( )	H.	好奇
9. kāixīn	( )	I.	特區
10. hàoqí	( )	J.	開心

第六課 聲母（三）

zh ch sh r z c s

一、詞語練習 A6-1

zh	zhēnzhū	珍珠	zhǔzhāng	主張
ch	chúchuāng	櫥窗	chūchāi	出差
sh	shāoshuǐ	燒水	shǒushù	手術
r	róngrěn	容忍	ruǎnruò	軟弱
z	zǔzong	祖宗	zàizuò	在座
c	cāngcuì	蒼翠	cāicè	猜測
s	sōusuǒ	搜索	sèsù	色素

二、對比練習 A6-2

1. zh、ch、sh、r

zhǎnchū	展出	chūnzhuāng	春裝
zhàoshè	照射	Shēnzhèn	深圳
chènshān	襯衫	shāngchǎng	商場
rèzhōng	熱衷	chuánrǎn	傳染

2. z、c、s

zǎocāo	早操	cānzàn	參贊
zèngsòng	贈送	sùzào	塑造
cāngsāng	滄桑	sècǎi	色彩

三、拼音練習

韻母 / 聲母	a	e	u	ai	ei	ao	ou
zh	zha	zhe	zhu	zhai	zhei	zhao	zhou
ch	cha	che	chu	chai		chao	chou
sh	sha	she	shu	shai	shei	shao	shou
r		re	ru			rao	rou
z	za	ze	zu	zai	zei	zao	zou
c	ca	ce	cu	cai	cei	cao	cou
s	sa	se	su	sai		sao	sou

練　習

一、請留心聽教師的發音，把下列各字的聲母寫出來。

zh 或 ch

1. 吃（　）知（　）　2. 稱（　）爭（　）

3. 炒（　）找（　）

z 或 c

4. 裁（　）栽（　）　5. 早（　）草（　）

6. 操（　）遭（　）

zh 或 z

7. 主（　）組（　）　8. 責（　）折（　）

9. 怎（　）診（　）

ch 或 c

10. 春（　）村（　）　11. 才（　）柴（　）

12. 摧（　）吹（　）

sh 或 s

13. 三（　）山（　）　14. 騷（　）燒（　）

15. 深（　）森（　）

二、讀出下列拼音，找出相應詞語，把代表字母填在括號中。

1.	shǒucè	(　　)	A.	綠色
2.	zǔfù	(　　)	B.	騷擾
3.	lǜsè	(　　)	C.	熱潮
4.	sàichē	(　　)	D.	少女
5.	rècháo	(　　)	E.	祖父
6.	zhōudào	(　　)	F.	手冊
7.	sāorǎo	(　　)	G.	賽車
8.	shàonǚ	(　　)	H.	周到

第七課 整體認讀音節

zhi chi shi ri zi ci si

zhi、chi、shi、ri、zi、ci、si 七個音節須整體認讀。學習這些音節不宜用聲韻拼讀方法練習。

對比練習 A7-1

1. 不送氣音和送氣音

zhídào	直到	chídào	遲到
zhùlǐ	助理	chǔlǐ	處理
línzhōng	臨終	Lín Chōng	林沖

zìshù	字數	cìshù	次數
zuì ruò	最弱	cuìruò	脆弱
zāng kù	髒褲	cāngkù	倉庫

2. zh ch sh 和 z c s

zhīyuán	支援	zīyuán	資源
zhǔlì	主力	zǔlì	阻力
xīnchūn	新春	xīn cūn	新村
tuīchí	推遲	tuīcí	推辭
jǐ chéng	幾成	jǐ céng	幾層
shōují	收集	sōují	搜集
shīrén	詩人	sīrén	私人
shāngyè	商業	sāngyè	桑葉

3. j q x 和 z c s

jīběn	基本	zīběn	資本
jiàoshòu	教授	zāoshòu	遭受
qīdài	期待	cídài	磁帶
yíqiè	一切	yí cè	一冊
Xīxià	西夏	sīxià	私下
xiǎodì	小弟	sǎodì	掃地

練　習

一、請留心聽教師的發音，把下列各字的聲母寫出來。

(　　)(　　)　(　　)(　　)　(　　)(　　)
1. 自　己　2. 四　喜　3. 吸　濕

(　　)(　　)　(　　)(　　)　(　　)(　　)
4. 汽　次　5. 池　旗　6. 治　字

(　　)(　　)　(　　)(　　)　(　　)(　　)
7. 失　思　8. 持　慈　9. 機　之

二、讀出下列漢字，在 zhi、chi、shi、ri、zi、ci、si 七個整體認讀音節中，選出相應的音節，填在括號中，再標上適當的聲調符號。

(　　)　(　　)　(　　)　(　　)
1. 支　2. 池　3. 時　4. 日

(　　)　(　　)　(　　)
5. 資　6. 此　7. 絲

第八課　韻母（三）

ie üe　iu(iou) ui(uei)

複韻母 ie 和 üe，實際發音是 iê、üê。普通話中 ê 韻母很少單獨使用。

iu、ui 標聲調時，調號要標在後一個字母上。

一、詞語練習 A8-1

ie	xièxie	謝謝	yéye	爺爺
üe	quèyuè	雀躍	yuēlüè	約略
iu	qiújiù	求救	yōuxiù	優秀
ui	tuìhuí	退回	huíwèi	回味

二、對比練習 A8-2

1. i 和 ie、iu

jíshí	及時	jiéshí	結石
dízi	笛子	diézi	碟子
lìnián	歷年	liù nián	六年
qī tiān	七天	qiūtiān	秋天

2. u 和 ui

chōngtū	衝突	tuīdòng	推動
guòdù	過渡	duìkàng	對抗
wúgū	無辜	guīlái	歸來

3. ie 和 üe

xiěhǎo	寫好	xuéhǎo	學好
jiéjiāo	結交	juéjiāo	絕交
dǎliè	打獵	dàlüè	大略

三、拼音練習

1.

韻母 / 聲母	ie	üe *	iu	ui
b	bie			
p	pie			
m	mie		miu	
f				
d	die		diu	dui
t	tie			tui
n	nie	nüe	niu	
l	lie	lüe	liu	

（續）

韻母 / 聲母	ie	üe *	iu	ui
g				gui
k				kui
h				hui
j	jie	jue	jiu	
q	qie	que	qiu	
x	xie	xue	xiu	

* 在 j、q、x 後面，ü 上的兩點省略。

2.

	ie	üe	iu(iou)	ui(uei)
y	ye	yue	you	
w				wei

練　習

一、請留心聽教師的發音，把下列各字的韻母寫出來。

ie 或 üe

(　　)	(　　)	(　　)	(　　)
1. 卻	2. 雪	3. 別	4. 切
(　　)	(　　)		
5. 決	6. 姐		

iu 或 ui

(　　)	(　　)	(　　)	(　　)
7. 謬	8. 慧	9. 劉	10. 最
(　　)	(　　)	(　　)	(　　)
11. 留	12. 修	13. 貴	14. 灰

二、讀出下列拼音，找出相應詞語，把代表字母填在括號中。

1. dàxué	(　　)	A. 恢復
2. lǐkuī	(　　)	B. 休息
3. xiūxi	(　　)	C. 軌道
4. huīfù	(　　)	D. 大學
5. guǐdào	(　　)	E. 缺乏
6. hūlüè	(　　)	F. 理虧
7. quēfá	(　　)	G. 破裂
8. diēdǎo	(　　)	H. 跌倒
9. pòliè	(　　)	I. 虐待
10. nüèdài	(　　)	J. 忽略

第九課 韻母（四）

前鼻韻母 an en in un(uen) ün

鼻韻母由元音跟鼻音韻尾組成，跟 -n 韻尾組成的是前鼻韻母，跟 -ng 韻尾組成的是後鼻韻母。

學習前鼻韻母的發音要注意：先發前面的元音，然後將舌尖抵住上齒齦，使氣流從鼻腔出來。

一、詞語練習 A9-1

an	cànlàn	燦爛	tánpàn	談判
en	gēnběn	根本	shēnfèn	身份
in	qīnjìn	親近	pīnyīn	拼音
un	Lúndūn	倫敦	wēnshùn	溫順
ün	jūnyún	均勻	jūnxùn	軍訓

二、對比練習 A9-2

1. an、en、in

mǎnkǒu	滿口	ménkǒu	門口
hánlěng	寒冷	hěn lěng	很冷
shēnshǒu	身手	xīnshǒu	新手
tiānzhēn	天真	Tiānjīn	天津

2. un 和 ün

Kūnlún	崑崙	qúnzhòng	群眾
gùnzi	棍子	jūnzǐ	君子
sǔnhuǐ	損毀	xúnzhǎo	尋找
zūnmìng	遵命	jùnměi	俊美

三、拼音練習

1.

韻母 / 聲母	an	en	in	un	ün
b	ban	ben	bin		
p	pan	pen	pin		
m	man	men	min		
f	fan	fen			
d	dan	den		dun	

（續）

聲母 \ 韻母	an	en	in	un	ün
t	tan			tun	
n	nan	nen	nin		
l	lan		lin	lun	
g	gan	gen		gun	
k	kan	ken		kun	
h	han	hen		hun	
j			jin		jun
q			qin		qun
x			xin		xun

2.

	in	un (uen)	ün
y	yin		yun
w		wen	

練　習

一、請留心聽教師的發音，把下列各字的韻母寫出來。

an 或 en		(　　) (　　)		(　　) (　　)		
	1.	板　本	2.	甘　跟		
		(　　) (　　)				
	3.	森　三				
en 或 in		(　　) (　　)		(　　) (　　)		
	4.	振　浸	5.	新　身		
		(　　) (　　)				
	6.	根　斤				
un 或 ün		(　　) (　　)		(　　) (　　)		
	7.	迅　順	8.	昏　暈		
		(　　) (　　)				
	9.	存　裙				
綜合		(　　)	(　　)	(　　)	(　　)	
	10.	盼	11. 肯	12. 孫	13. 訊	
		(　　)	(　　)			
	14.	吞	15. 進			

二、讀出下列拼音，找出相應詞語，把代表字母填在括號中。

1.	ānfèn	(　　)	A. 翻滾
2.	kānwù	(　　)	B. 安分
3.	Túnmén	(　　)	C. 沉淪
4.	xùnhào	(　　)	D. 軍隊
5.	fāngǔn	(　　)	E. 森林
6.	jūnduì	(　　)	F. 刊物
7.	sēnlín	(　　)	G. 謹慎
8.	chénlún	(　　)	H. 訊號
9.	zhēnxīn	(　　)	I. 真心
10.	jǐnshèn	(　　)	J. 屯門

第十課　韻母（五）

後鼻韻母 ang eng ing ong

學習後鼻韻母的發音要注意：先發前面的元音，然後將舌後部隆起來，頂住軟顎，使氣流從鼻腔出來。

一、詞語練習 A10-1

ang	āngzāng	骯髒	bāngmáng	幫忙
eng	gēngzhèng	更正	fēngshèng	豐盛
ing	xìngmíng	姓名	qíngjǐng	情景
ong	gōngzhòng	公眾	hōngdòng	轟動

二、對比練習 A10-2

1. an 和 ang

ānrán	安然	àngrán	盎然
lànmàn	爛漫	làngmàn	浪漫

2. en 和 eng

shēnmíng	申明	shēngmíng	聲明
chénjiù	陳舊	chéngjiù	成就

3. in 和 ing

jīnyú	金魚	jīngyú	鯨魚
qīnjìn	親近	qīngjìng	清靜

三、拼音練習

1.

韻母 / 聲母	ang	eng	ong	ing
b	bang	beng		bing
p	pang	peng		ping
m	mang	meng		ming
f	fang	feng		
d	dang	deng	dong	ding
t	tang	teng	tong	ting
n	nang	neng	nong	ning
l	lang	leng	long	ling
g	gang	geng	gong	
k	kang	keng	kong	
h	hang	heng	hong	

2.

	ing
y	ying

練 習

一、請留心聽教師的發音，把下列各字的韻母寫出來。

an 或 ang

1. 班（　　）幫（　　）　2. 干（　　）鋼（　　）

3. 當（　　）丹（　　）

en 或 eng

4. 風（　　）分（　　）　5. 門（　　）蒙（　　）

6. 真（　　）爭（　　）

in 或 ing

7. 心（　　）星（　　）　8. 京（　　）金（　　）

9. 親（　　）輕（　　）

綜合

10. 方（　　）　11. 能（　　）　12. 從（　　）　13. 清（　　）

14. 龍（　　）　15. 杭（　　）

二、讀出下列拼音，找出相應詞語，把代表字母填在括號中。

1. shìzhèng	(　　)	A. 市政
2. guāfēn	(　　)	B. 市鎮
3. língmù	(　　)	C. 輕聲
4. shìzhèn	(　　)	D. 親身
5. qīngshēng	(　　)	E. 陵墓
6. línmù	(　　)	F. 林木
7. guā fēng	(　　)	G. 颳風
8. xìngfú	(　　)	H. 瓜分
9. qīnshēn	(　　)	I. 幸福
10. xìnfú	(　　)	J. 信服

第十一課 韻母（六）

ia iao　ua uo uai

一、詞語練習 A11-1

ia	yājià	壓價	xià jià	下架
iao	xiàoliào	笑料	miáotiao	苗條
ua	guà huà	掛畫	shuǎhuá	耍滑
uo	luòtuo	駱駝	huǒguō	火鍋
uai	wàikuài	外快	shuāihuài	摔壞

二、對比練習 A11-2

1. a、ao 和 ia、iao

shāyú	鯊魚	xià yǔ	下雨
bàozhà	爆炸	bàojià	報價
bù shǎo	不少	bù xiǎo	不小

2. ua、uo、uai

guāguǒ	瓜果	guóhuà	國畫
guàshuài	掛帥	huàihuà	壞話
zuòguài	作怪	kuàihuo	快活

三、拼音練習

1.

韻母 / 聲母	ia	iao	ua	uo	uai
j	jia	jiao			
q	qia	qiao			
x	xia	xiao			
g			gua	guo	guai
k			kua	kuo	kuai
h			hua	huo	huai
zh			zhua	zhuo	zhuai
ch			chua	chuo	chuai
sh			shua	shuo	shuai
r				ruo	

2.

	ia	iao	ua	uo	uai
y	ya	yao			
w			wa	wo	wai

練　習

一、請留心聽教師的發音，把下列各字的韻母寫出來。

ia 或 iao

(　　) 1. 下	(　　) 2. 橋	(　　) 3. 嘉
(　　) 4. 笑	(　　) 5. 恰	(　　) 6. 標

ua、uo 或 uai

(　　) 7. 華	(　　) 8. 衰	(　　) 9. 花
(　　) 10. 過	(　　) 11. 拐	(　　) 12. 說

二、讀出下列拼音，找出相應詞語，把代表字母填在括號中。

1. guójiā	(　　)	A.	外交
2. wàijiāo	(　　)	B.	巧妙
3. kuàguò	(　　)	C.	懷舊
4. luōsuo	(　　)	D.	國家
5. jiǎ huà	(　　)	E.	假話
6. jiāocuò	(　　)	F.	角落
7. qiǎomiào	(　　)	G.	交錯
8. huáijiù	(　　)	H.	囉嗦
9. jiǎoluò	(　　)	I.	消化
10. xiāohuà	(　　)	J.	跨過

第十二課 韻母（七）

ian uan üan　iang uang ueng iong

一、詞語練習 A12-1

ian	jiǎnmiǎn	減免	qiánxiàn	前線
uan	luàn cuàn	亂竄	zhuǎn wān	轉彎
üan	yuánquān	圓圈	juān qián	捐錢
iang	xiǎngliàng	響亮	qiángxiàng	強項
uang	kuángwàng	狂妄	zhuānghuáng	裝潢
ueng	lǎowēng	老翁		
iong	xiōngyǒng	洶湧		

二、對比練習 A12-2

1. ian 和 üan

jiǎnyàn	檢驗	juǎnyān	捲煙
qiánnián	前年	quán nián	全年
xiānshì	仙逝	xuānshì	宣誓

2. ian 和 iang

xiānhuā	鮮花	xiāng huā	香花
qiánhòu	前後	qiáng hòu	牆後
qiān shǒu	牽手	qiāngshǒu	槍手

3. uan 和 üan

chuányuán	船員	quányuán	泉源
suāncài	酸菜	xuǎncái	選材
zhuānkuǎn	專款	juānkuǎn	捐款

4. uan 和 uang

fènghuán	奉還	fènghuáng	鳳凰
zhuānjiā	專家	zhuāngjia	莊稼
guānyuán	官員	guāngyuán	光源

三、拼音練習

1.

韻母 / 聲母	ian	iang	iong	üan
d	dian			
t	tian			
n	nian	niang		
l	lian	liang		

（續）

聲母 \ 韻母	ian	iang	iong	üan
j	jian	jiang	jiong	juan
q	qian	qiang	qiong	quan
x	xian	xiang	xiong	xuan

2.

聲母 \ 韻母	uan	uang
g	guan	guang
k	kuan	kuang
h	huan	huang
zh	zhuan	zhuang
ch	chuan	chuang
sh	shuan	shuang
r	ruan	
z	zuan	
c	cuan	
s	suan	

3.

	ian	iang	iong	üan	uan	uang	ueng
y	yan	yang	yong	yuan			
w					wan	wang	weng

練　習

一、請留心聽教師的發音，把下列各字的韻母寫出來。

ian、uan 或 üan

1. (　　) 顯　2. (　　) 勸　3. (　　) 官

4. (　　) 旋　5. (　　) 堅　6. (　　) 暖

iang、uang 或 iong

7. (　　) 廣　8. (　　) 江　9. (　　) 良

10. (　　) 雙　11. (　　) 窮　12. (　　) 兄

二、讀出下列拼音，找出相應詞語，把代表字母填在括號中。

1. liánhuān	(　　)	A.	湧現
2. duānzhuāng	(　　)	B.	端莊
3. yǒngxiàn	(　　)	C.	聯歡
4. xiāng jiàn	(　　)	D.	觀光
5. guānguāng	(　　)	E.	相見
6. juānxiàn	(　　)	F.	雄壯
7. xióngzhuàng	(　　)	G.	宣傳
8. xiànquān	(　　)	H.	線圈
9. xuānchuán	(　　)	I.	涼爽
10. liángshuǎng	(　　)	J.	捐獻

第十三課 變調

一、三聲字連讀的變調 A13-1

兩個三聲字連讀時，前一個字讀如第二聲，但書寫時調號不變。例如：

biǎoyǎn	（讀如 biáoyǎn）	表演
diǎnlǐ	（讀如 diánlǐ）	典禮
xiǎozǔ	（讀如 xiáozǔ）	小組
zǒngtǒng	（讀如 zóngtǒng）	總統
bǎoxiǎn	（讀如 báoxiǎn）	保險
yǒngyuǎn	（讀如 yóngyuǎn）	永遠
gǎngkǒu	（讀如 gángkǒu）	港口
guǎnlǐ	（讀如 guánlǐ）	管理

三個第三聲字連讀時，一般前兩個讀如第二聲。例如：

zǒngtǒngfǔ	（讀如 zóngtóngfǔ）	總統府
zhǎnlǎnguǎn	（讀如 zhánlánguǎn）	展覽館
pǎomǎchǎng	（讀如 páomáchǎng）	跑馬場
xǐliǎnshuǐ	（讀如 xíliánshuǐ）	洗臉水

但如果後兩個字結合得較緊密的，一般把第一字讀如半三聲，第二字讀如第二聲。例如：

hěn mǐngǎn	（讀如 hěn míngǎn）	很敏感
dǎ lǎohǔ	（讀如 dǎ láohǔ）	打老虎
Mǎ chǎngzhǎng	（讀如 Mǎ chángzhǎng）	馬廠長
xiǎo hǎidǎo	（讀如 xiǎo háidǎo）	小海島

二、“一”、“不”的變調 A13-2

“一”的原調是第一聲。“不”的原調是第四聲。

1. “一”在第四聲前，讀第二聲；在一、二、三聲前讀第四聲。

ˊ一	ˋ定
	ˋ切
	ˋ半

ˋ一	ˉ天
	ˊ年
	ˇ起

2. “不”在第四聲前，讀第二聲；在一、二、三聲前讀原調第四聲。

ˊ不	ˋ要
	ˋ必
	ˋ過

ˋ不	ˉ多
	ˊ行
	ˇ好

3. “一”字夾在重疊動詞中間，讀輕聲。

tīng yi tīng	聽一聽	dú yi dú	讀一讀
shì yi shì	試一試	wèn yi wèn	問一問
kàn yi kàn	看一看	xǐ yi xǐ	洗一洗

4. “不” 字夾在詞語中間，讀輕聲。

dǒng bu dǒng	懂不懂	duìbuqǐ	對不起
hǎo bu hǎo	好不好	chībuxiāo	吃不消
chàbuduō	差不多	kànbuguàn	看不慣

5. “一” 、 “不” 在單說時，或在詞尾讀原調。 “一” 表示序數時也讀原調。

yī	一	yìbǎi líng yī	一百零一
yī bā sì yī nián	1841 年	shíyī yuè	十一月
dì-yī	第一	wéiyī	唯一
tǒngyī	統一	wànyī	萬一

Bù, zhè bú shì wǒ de.	不，這不是我的。
Yàobù, wǒ qù ba.	要不，我去吧。

6. 變調練習（據變調後的實際讀音標調）

yì cǎo yí mù	一草一木
yì lǎo yí shào	一老一少
yì xīn yí yì	一心一意

yì gāo yì dī	一高一低
bù hǎo bú yào	不好不要
bù lún bú lèi	不倫不類
bù néng bù lái	不能不來
bù kě bù zhī	不可不知
yí qù bù huí	一去不回
yì máo bù bá	一毛不拔
yì sī bù gǒu	一絲不苟
yí qiào bù tōng	一竅不通
bùguǎn sān qī èrshíyī	不管三七二十一
yī bú zuò , èr bù xiū	一不做，二不休

練　習

一、給下列詞組標上發音時的實際聲調。

你好 ⟶ (　　) (　　)

理想 ⟶ (　　) (　　)

九百里 ⟶ (　　) (　　) (　　)

請你寫 ⟶ (　　) (　　) (　　)

小老鼠 ⟶ (　　) (　　) (　　)

很勇敢 ⟶ (　　) (　　) (　　)

二、給下列詞語標上發音時的實際聲調。

1. “一”的聲調

( ) ˉ 一 般	( ) ˇ 一 早	( ) ˋ 一 次	ˋ ( ) ˊ 第 一 樓
( ) ˋ ˉ 一、二、三	( ) ˊ 一 名	( ) ˋ 一 定	ˋ ( ) ˋ 唸 一 唸

2. “不”的聲調

( ) ˋ 不 要	( ) ˊ 不 能	( ) ˇ 不 短	ˋ ( ) ˋ 是 不 是
( ) ˉ 不 該	ˇ ( ) ˇ 了 不 起	( ) ˋ 不 必	( ) ˋ 不 過

3. 綜合

( ) ˊ ( ) ˋ 一 時 不 慎	( ) ˋ ( ) ˊ 一 件 不 留
( ) ˊ ( ) ˉ 一 言 不 發	( ) ˋ ( ) ˇ 一 定 不 冷

第十四課 輕聲

一、輕聲 A14-1

一個音節失去了它原來的聲調，唸得又輕、又短，這種音變，叫做輕聲。

輕聲有區別詞義的作用，如：

dōngxī	東西（方向）
dōngxi	東西（物品）
mǎi mài	買賣（買和賣）
mǎimai	買賣（生意）
dìdào	地道（地下的通道）
dìdao	地道（真正的、純粹的、實在的）

輕聲詞要區別詞義時，必須唸輕聲。

在說話中，有相當一部分“可輕可不輕”的詞語，一般來說，不一定唸輕聲。

有些詞語固定地要唸輕聲，也有一批習慣性唸輕聲的詞語，說話時需要注意。

二、輕聲練習 A14-2

疊字名詞	bàba	爸爸
	māma	媽媽
	dìdi	弟弟
	yéye	爺爺
	tàitai	太太
	xīngxing	星星
重疊式動詞	kànkan	看看
	cāca	擦擦
	xièxie	謝謝
	shuōshuo	說說
助詞	de(tā de)	的（他的）
	de(shuō de duì)	得（說得對）
	de(gāoxìng de)	地（高興地）
	zhe(názhe)	着（拿着）
	le(láile)	了（來了）
	guo(kànguo)	過（看過）
	ne(nǐ ne)	呢（你呢）
	ma(qù ma)	嗎（去嗎）
	ba(zǒu ba)	吧（走吧）
	ya(shéi ya)	呀（誰呀）

（續）

量詞“個”	liǎng ge	兩個
	jǐ ge	幾個
趨向動詞	náqu	拿去
	jièlai	借來
	xiǎng qilai	想起來
	pá shangqu	爬上去
方位詞	chē shang	車上
	jiā li	家裏
詞尾	wǒmen	我們
	tóngxuémen	同學們
	shétou	舌頭
	mùtou	木頭
	fángzi	房子
	yǐzi	椅子
	zuǐba	嘴巴
	yǎba	啞巴
	shénme	什麼
	zěnme	怎麼
作賓語的人稱代詞	qǐng ni	請你
	gěi ta	給他

（續）

詞語中間的一、不	xiào yi xiào	笑一笑
	shì yi shì	試一試
	qù bu qù	去不去
	duìbuqǐ	對不起
習慣輕聲	pútao	葡萄
	luóbo	蘿蔔
	méimao	眉毛
	ěrduo	耳朵
	yuèliang	月亮
	yúncai	雲彩
	yīfu	衣服
	dòufu	豆腐
	xǐhuan	喜歡
	kèqi	客氣
	xiānsheng	先生
	lǎba	喇叭
	shíhou	時候
	tàidu	態度

練　習

一、朗讀下面一段話，注意輕聲詞語的發音。先圈出輕聲字，再朗讀。

這家館子的東西做得不地道，豆腐不夠嫩，魚蝦又不新鮮，我們到對面那家吃吧。

二、下列詞語唸輕聲和不唸輕聲的時候，詞義不同，請比較一下。

地方	dìfang：	dìfāng：
對頭	duìtou：	duìtóu：
精神	jīngshen：	jīngshén：
拉手	lāshou：	lā shǒu：
妻子	qīzi：	qīzǐ：
人家	rénjia：	rénjiā：
照應	zhàoying：	zhàoyìng：

第十五課 兒化

一、兒化 A15-1

兒化是普通話中一種音變現象，就是在發元音時加一個捲舌動作，使原來的韻母成為捲舌韻母。這個過程叫做“兒化”。在兒化的過程中，原來的韻母會發生一些改變，改變了讀音的韻母稱為“兒化韻”。

拼寫時，在原韻母後面加上 r，就表示這是個兒化音節。

兒化有區別詞義、確定詞性的作用，如：

xìn	信（信件）	xìnr	信兒（消息）
bāgē	八哥（排行第八的哥哥）	bāger	八哥兒（鳥名）
jiān	尖（形容詞）	jiānr	尖兒（名詞）
huà	畫（動詞）	huàr	畫兒（名詞）
yí kuài	一塊（數量詞）	yíkuàir	一塊兒（一同、一起）

二、兒化韻練習 A15-2

dàhuǒr	大夥兒	tiānr	天兒
gàn huór	幹活兒	wánr	玩兒
xiǎoháir	小孩兒	xiǎoniǎor	小鳥兒
xīnyǎnr	心眼兒	yíhuìr	一會兒

rényǐngr	人影兒	yìdiǎnr	一點兒
yǒujìnr	有勁兒	wányìr	玩意兒

練　習

一、朗讀下面一段話，注意兒化詞語的發音。先圈出兒化詞語，再朗讀。

這小孩兒什麼都愛玩兒，從小兒就愛畫畫兒，她媽媽就讓她去參加美術班兒。今天有個親子活動，她們母女倆一早兒就出門兒了。

二、下列句子中紅色的詞語兒化時，詞義跟原來不同，請比較一下。

1. 我一直都沒有他的信。

   信：　　　　信兒：

2. 不要蓋了。

   蓋：　　　　蓋兒：

3. 這些白麵都是我的。

   白麵：　　　　白麵兒：

4. 眼太小了。

   眼：　　　　眼兒：

拼 音 練 習

一、請把下列短句用漢字寫出來。

1. Wǒ jiā zhù zài Jiǔlóngchéng.

____

2. Nǐ jiào shénme míngzi?

____

3. Qǐng suíbiàn zuòzuo, búyòng kèqi.

____

4. Qǐngwèn dào Hǎiyáng Gōngyuán qu gāi zěnme zǒu?

____

5. Wǒ xǐhuan yóuyǒng、kàn shū hé tīng yīnyuè.

____

6. Wǒ bàba shì gōngwùyuán, zài hǎiguān gōngzuò.

____

7. Cháng Jiāng shì Zhōngguó zuì dà de héliú.

____

8. Guìlín shānshuǐ jiǎ tiānxià.

____

9. Shàng yǒu tiāntáng, xià yǒu Sū-Háng.

____

10. Wǒ měi tiān shàngbān zuò chē yào huā dàyuē yì xiǎoshí.

11. Nǐ zhù zài nǎr?

12. Tā shì nín de xiǎoháir ma?

二、請把下面這段拼音用漢字寫出來。

Pǔtōnghuà shì yǐ Běijīng yǔyīn wéi biāozhǔnyīn, yǐ běifānghuà wéi jīchǔ fāngyán, yǐ diǎnfàn de xiàndài báihuàwén zhùzuò wéi yǔfǎ guīfàn de xiàndài Hànmínzú gòngtóngyǔ.

Guǎngdōngrén xuéxí Pǔtōnghuà bìng bù nán, yìbān lái shuō, zhǐyào qīshí dào bāshí ge xiǎoshí jiù kěyǐ shuō de búcuò le. Xuéxí Pǔtōnghuà yào duō tīng, duō jiǎng, duō liàn, zuìhǎo xiān xuéhuì Hànyǔ pīnyīn.

課文部分

第一課 見面

Jiànmiàn

B1-1

guìxìng 貴姓	jièshào 介紹	nǚshì 女士	xiǎojie 小姐	xiānsheng 先生	màoyì 貿易	fúzhuāng 服裝
wùliú 物流	gōngsī 公司	rènshi 認識	gāoxìng 高興	biǎoyǎn 表演	zhùmíng 著名	huàjiā 畫家
Zhāng Lín 張林	Jiāng Yún 江雲					

B1-2

1. Xiǎojie, nín guìxìng?
   小姐，您貴姓？

2. Wǒ xìng Zhāng, gōng cháng zhāng, jiào Zhāng Lín, shuāng mù lín. Nín zěnme chēnghu?
   我姓張，弓長張，叫張林，雙木林。您怎麼稱呼？

3. Wǒ jiào Jiāng Yún, Cháng Jiāng de jiāng, báiyún de yún.
   我叫江雲，長江的江，白雲的雲。

4. Nín zài nǎli shàngbān?
   您在哪裏上班？

5. Wǒ kāile jiā màoyì gōngsī, jīngyíng fúzhuāng. Nín zuò shénme gōngzuò?
   我開了家貿易公司，經營服裝。您做什麼工作？

6. Wǒ zài yì jiā wùliú gōngsī zuò kuàiji.
   我在一家物流公司做會計。

7. Rènshi nín zhēn gāoxìng.
   認識您真高興。

8. Wǒ yě hěn gāoxìng.
   我也很高興。

*　　　*　　　*

Ràng wǒ lái jièshào yí xià, zhè shì Huáng Xiǎoxiào nǚshì hé tā de qiānjīn Xiāo Wàng xiǎojie, tāmen jīngcháng dào gè dì dēngtái biǎoyǎn.

9. 讓我來介紹一下，這是黃曉笑女士和她的千金肖望小姐，她們經常到各地登台表演。

Zhè wèi shì zhùmíng huàjiā Wáng Xiàohǔ xiānsheng, tā de zuòpǐn fēngxíng Yàzhōu!

10. 這位是著名畫家王嘯虎先生，他的作品風行亞洲！

Nín hǎo, Huáng lǎoshī! Nín hǎo, Wáng lǎoshī!

11. 您好，黃老師！您好，王老師！

Nín hǎo, Xiāo xiǎojie!

12. 您好，肖小姐！

有關詞語 B1-3

常見姓氏

Wáng, sān héng wáng 王，三橫王	Huáng, Huáng Hé de huáng 黃，黃河的黃
Lǐ, mù zǐ lǐ 李，木子李	Lí, límíng de lí 黎，黎明的黎
Wú, kǒu tiān wú 吳，口天吳	Hú, gǔ yuè hú 胡，古月胡
Wǔ, dānlìrénr wǔ 伍，單立人兒伍	Chén, ěr dōng chén 陳，耳東陳
Zhāng, lì zǎo zhāng 章，立早章	Jiāng, Jiāng Tàigōng de jiāng 姜，姜太公的姜

練　習

一、發音練習

［四聲的區別］

ˉ ˉ	千金	公司	師生	加班	高溫
ˉ ˊ	經常	登台	風行	開明	森林
ˇ ˋ	女士	演唱	小菜	老練	好看
ˋ ˋ	貴姓	貿易	繪畫	介紹	各地
ˋ 這	ˋ 這是	ˋ 這裏	ˋ 這位	ˋ 這叫什麼	
ˉ 肖	ˉ 我叫肖望。				
ˇ ˋ 曉 笑	ˇ ˋ 我叫黃曉笑。				
ˉ ˊ 汪 王	ˊ ˉ 我姓王，不是姓汪。				
ˇ ˋ 李 利	ˇ ˇ ˋ ˋ 你是李先生嗎？我不姓李，我姓利，勝利的利。				

二、辨別字音

1. 張（zhāng）：　張小姐　張大　張開　誇張

　江（jiāng）：　江先生　長江　珠江　江水

2. 紹（shào）：　介紹　紹興

　嘯（xiào）：　王嘯虎　呼嘯

三、課堂談話內容

1. 跟同學打招呼、互相詢問姓名。

2. 作簡單的自我介紹。

> 提示：
>
> 你的名字是……
>
> 你叫什麼名字？
>
> 我介紹一下自己，我叫……，我在……工作。

第二課 數目字

Shùmùzì

B2-1

líng yī èr sān sì wǔ liù qī bā jiǔ shí bǎi qiān wàn
零 一 二 三 四 五 六 七 八 九 十 百 千 萬

Mǎbǎo Dào zhǎo shéi xiàng zuǒ guǎi xīngqīrì gāoshòu
馬寶 道 找 誰 向 左 拐 星期日 高壽

B2-2

Qǐngwèn zhè shì Mǎbǎo Dào qībǎi èrshísān hào ma?
1. 請問 這是馬寶 道 7 23 號 嗎？

Shìde, nín zhǎo shéi ?
2. 是的，您 找 誰？

Wǒ zhǎo zhù zài shíwǔ lóu A zuò de Lǐ xiǎojie.
3. 我 找 住 在 15 樓 A 座 的 李 小姐 。

Cóng zhèr xiàng zuǒ guǎi, shàng diàntī , hěn hǎo zhǎo.
4. 從 這兒 向 左 拐 ，上 電梯，很 好 找 。

Wǒ yǒu tā shǒujī, jiǔ liù sān sì liù wǔ qī bā.
5. 我 有 她 手機 ，9 6 3 4 6 5 7 8 。

* * *

Nèidì de dà chéngshì rénkǒu dōu guò yìqiān wàn, Xiānggǎng ne?
6. 內地 的 大 城市 人口 都 過 一千 萬 ，香 港 呢？

Xiānggǎng dìfang bú dà, wǒ gāng lái shí wǔbǎi wàn, xiànzài yǒu méiyǒu yìqiān wàn bù zhīdào.
7. 香 港 地方 不 大，我 剛 來 時 五百 萬 ，現 在 有 沒有 一千 萬 不 知道。

* * *

Nǐ něi tiān shēngrì?
8. 你哪天 生日 ？

Wǒ yī jiǔ bā qī nián shíyī yuè sānshí hào chūshēng.
9. 我 1 9 8 7 年 11 月 30 號 出生 。

* * *

Zhèi xīngqīrì shàngwǔ shí diǎn yǒu kòng(r) ma?
10. 這 星期日 上 午 十 點 有 空（兒）嗎？

Shàngwǔ bùxíng, xiàwǔ liǎng diǎn hòu jiù méi shì le.
11. 上 午 不 行 ，下 午 兩 點 後 就 沒 事 了。

* * *

Nínlǎo gāoshòu?
12. 您老 高 壽 ？

Wǒ qīshíbā le.
13. 我 七十八 了。

* * *

Zhèi fángzi duō dà ?
14. 這 房子 多 大？

Jiǔbǎi chǐ , dàyuē jiǔshí píngfāngmǐ.
15. 900 呎*，大約 90 平 方 米。

有關詞語 B2-3

yì zhào sān fēnzhī yī bǎi fēnzhī shíwǔ
億 兆 三分之一 百分之十五

bàn zhěng yí kè miǎo zhōng biǎo kuàile mànle huàile
半 整 一刻 秒 鐘 錶 快了 慢了 壞了

---

* 呎：在香港“英尺”稱“呎”，平方英尺亦簡稱“呎”。

zuótiān qiántiān míngtiān hòutiān qùnián
昨天 前天 明天 後天 去年

zhèige yuè shàng ge yuè xià ge yuè yuèchū yuèdǐ
這個月 上個月 下個月 月初 月底

mǐ chǐ cùn gōngjīn bàng dù
米 尺 寸 公斤 磅 度

jiā jiǎn chéng chú dānwèi
加 減 乘 除 單位

練 習

一、發音練習

［單韻母 e、er］

e、er	zhèige 這個　yí kè 一刻　wǒ hé nǐ 我和你　èr líng èr èr 2022
de 的	shìde 是的　tā de diànhuà 他的電話　Xiānggǎng de rénkǒu 香港的人口
le 了	méi shì le 沒事了　qīshíbā le 七十八了　shí diǎn le 十點了　kuàile 快了

二、辨別字音

1. 八（bā）：　十八　八號　八年

　百（bǎi）：　一百　百萬　百姓

　白（bái）：　黑白　白天　白紙

2. 道（dào）：　馬寶道　道路　通道

度（dù）：　溫度　過度　年度

3. 萬（wàn）：　千萬　萬一

慢（màn）：　慢了　慢性

三、課堂談話內容

1. 從“1”開始報數。（其他方式：報單數、報雙數）

2. 圍繞跟數目字有關的話題交談。

提示：

日期、時間

門牌、住址

電話號碼

身高、體重

家庭人口

第三課 打電話
Dǎ Diànhuà

B3-1

jiē	diànhuà	nèixiàn	láojià	tàitai	péngyou	liáo tiānr	shíjiān
接	電話	內線	勞駕	太太	朋友	聊天兒	時間
xīngqī	zàijiàn	wàngle					
星期	再見	忘了					

B3-2

Wèi! Qǐngwèn Lú Zǐmíng xiānsheng zài ma?
1. 喂！請 問 盧 子明 先生 在 嗎？

Tā gāng chūqu, qǐngwèn nín guìxìng? Gěi tā liú huà ma?
2. 他 剛 出去，請問 您 貴姓？給 他 留 話 嗎？

Búyòng le, xièxie, wǒ děng yíxià zài lái diànhuà ba.
3. 不用 了，謝謝，我 等 一下 再 來 電話 吧。

* * *

Qǐng gěi wǒ jiē nèixiàn shíbā hào.
4. 請 給 我 接 內線 18 號。

Nín bōcuò hào le.
5. 您 撥錯 號 了。

Duìbuqǐ.
6. 對不起。

* * *

Láojià, qǐng zhǎo Lǐ Lìmín xiānsheng.
7. 勞駕，請 找 李 利民 先生 。

Wǒ jiù shì. Nín shì něi wèi?
8. 我 就 是。您 是 哪 位？

Wǒ shì Lǚ Wénmǐn. Zhèige xīngqīliù wǒ xiǎng yuē jǐ wèi
9. 我 是 呂 文敏 。這個 星期六 我 想 約 幾 位

lǎopéngyou dào wǒjiā liáoliao tiānr, yìqǐ chī dùn biànfàn, nǐ
老朋友 到 我家 聊聊 天兒，一起 吃 頓 便飯，你

néng lái ma？
能 來嗎？

Xíng. Nàme, shénme shíjiān ne?
10. 行 。那麼，什麼 時間 呢？

Xiàwǔ sì diǎn, hǎo bu hǎo？Qǐng nǐ tàitai hé háizi yě lái, ràng
11. 下午 四 點 ，好 不 好？請 你 太太 和 孩子 也 來，讓

dàjiā jiànjian miàn ba.
大家 見見 面 吧。

Tāmen huì hěn gāoxìng de, dào shíhou jiàn!
12. 他們 會 很 高興 的，到 時候 見！

Zàijiàn, kě bié wàngle ya!
13. 再見，可 別 忘了 呀！

有關詞語 B3-3

dǎtōng méi rén jiē guàduàn zhuǎngào zhànxiàn
打通 沒人接 掛斷 轉告 佔線

chuànxiàn wàixiàn gōngyòng diànhuà shìnèi wúxiàn diànhuà
串線 外線 公用 電話 室內無線 電話

gùwǎng diànhuà shǒutí diànhuà (shǒujī) tóubì diànhuà
固網 電話 手提 電話(手機) 投幣 電話

chángtú diànhuà mànyóu fúwù diànhuàkǎ wúxiàn shàngwǎng
長途 電話 漫遊服務 電話卡 無線 上網

chǔzhíkǎ zēngzhí
儲值卡 增值

練 習

一、發音練習

[聲母 n、l]

n	qǐng nǐ 請 你　nèixiàn 內線　qùnián 去年　nín shì něi wèi 您 是 哪 位
l	liú huà 留 話　láojià 勞駕　Lǚxiǎojie 呂小姐　xīngqīliù 星期六 lǎopéngyou 老朋友　liáotiānr 聊天兒

二、辨別字音

1. 忘（wàng）：　忘記　別忘了　忘本

　亡（wáng）：　亡國　死亡

2. 約（yuē）：　約朋友　約定

　月（yuè）：　月份　月票

3. 內（nèi）：　內線　內地　內容　內心

　耐（nài）：　耐用　耐心　忍耐

三、句式練習

別……

1. 可別忘了呀！

2. 你別理他！

3. 你別走了，在這兒住兩天吧。

4. 別客氣。

四、課堂談話內容

1. 模擬互通電話的情境。

情境一：打錯了

情境二：接電話的人就是要找的人

情境三：要找的人不在

2. 一位內地遊客向你詢問使用公用電話的方法，請你向他解釋一下。

提示：

huàtǒng 話筒	fù qián 付錢	yìngbì 硬幣
běndì diànhuà hàomǎ 本地電話號碼		xiànshí 限時

3. 請說說香港有哪些電話服務。

第四課 吃飯

Chīfàn

B4-1

Lǎo Chén 老陳	Lǎo Chéng 老程	kèqi 客氣	zánmen 咱們	Jiāng-Zhè Jiǔlóu 江浙酒樓	zuò chē 坐車
miàntiáor 麵條兒	sōngshǔ-huángyú 松鼠黃魚	zhá dàxiā 炸大蝦	huǒji 夥計	jiézhàng 結賬	xièxie 謝謝

B4-2

1. Lǎo Chén, jīntiān wǒ qǐng nǐ chīfàn, hǎo ma?
   老陳，今天我請你吃飯，好嗎？
2. Lǎo Chéng, nǐ tài kèqi le. Hǎo ba, zánmen shàng něi jiā?
   老程，你太客氣了。好吧，咱們上哪家？
3. Dào Jiāng-Zhè Jiǔlóu ba, lí zhèr hěn jìn, búyòng zuò chē.
   到江浙酒樓吧，離這兒很近，不用坐車。

* * *

4. Liǎng wèi xiǎng hē shénme chá?
   兩位想喝什麼茶？
5. Lái yì hú mòli huāchá ba. Lǎo Chén, búyào kèqi, nǐ xǐhuan chī xiē shénme jiù diǎn.
   來一壺茉莉花茶吧。老陳，不要客氣，你喜歡吃些什麼就點。
6. Jiào jǐ ge diǎnxin ba. Nǐ ài chī shénme?
   叫幾個點心吧。你愛吃什麼？
7. Wǒ zài běifāng zhùle èrshí duō nián, ài chī mántou、làobǐng hé miàntiáor.
   我在北方住了二十多年，愛吃饅頭、烙餅和麵條兒。
8. Zhèr yǒude cài, xiàng sōngshǔ-huángyú、zhá dàxiā, hěn búcuò.
   這兒有的菜，像松鼠黃魚、炸大蝦，很不錯。

Wǒ hái shi xǐhuan Sìchuān cài, jiā li de háizimen dōu ài chī
9. 我 還是 喜歡 四川 菜，家 裏 的 孩子們 都 愛 吃

Rìběncài.
日本菜。

*　　　*　　　*

Huǒ ji, jiézhàng.
10. 夥計， 結賬 。

Nǐ tài pòfèi le, xièxie !
11. 你 太 破費 了，謝謝 ！

有關詞語 B4-3

（一）

fàndiàn fànguǎnr cāntīng kuàicāndiàn jiǔ bā
飯 店 飯館兒 餐 廳 快 餐 店 酒吧

měishí guǎngchǎng xiǎochītānr
美食 廣 場 小吃攤兒

mǐfěn tāng miànbāo niúnǎi lěngyǐn guǒzhī píjiǔ qìshuǐ(r)
米粉 湯 麵 包 牛奶 冷 飲 果 汁 啤酒 汽水（兒）

ròu hǎixiān sù shí
肉 海 鮮 素食

（二）

èle bǎole kěle gòule tài xián tài dàn tài là
餓了 飽了 渴了 夠了 太 鹹 太 淡 太 辣

gānbēi hē zuì zhàn diǎnr jiàngyóu (cù)
乾 杯 喝醉 蘸 點兒 醬 油(醋)

yǒu méiyǒu yáqiānr (yán 、jiè mo)
有 沒 有 牙籤兒(鹽、芥末)

zài nǎr fù qián dà jiā tān lún liú chū jǐ diǎn guānmén
在 哪兒 付 錢 大家 攤 輪流 出 幾 點 關 門

練　習

一、發音練習

［複韻母 ai ei ao ou］

ai	ài chī 愛 吃	háishi 還是	lái yì hú 來 一 壺	Rì běncài 日 本 菜
ei	gěi wǒ 給 我	pòfèi 破費		
ao	Lǎo Chén 老 陳	zhènghǎo 正 好	làobǐng 烙 餅	
ou	jiǔlóu 酒樓	mántou 饅 頭		

二、辨別字音

1. 哪（něi）：　上哪家？　是哪位？　哪個好？

　那（nèi）：　上那家。　是那位。　那個好。

2. 酒（jiǔ）：　酒樓　紅酒　喝酒

　走（zǒu）：　走廊　走路　奔走

3. 炸（zhá）：　炸大蝦　油炸

　炸（zhà）：　爆炸　炸彈

三、課堂談話內容

1. 談談你喜歡吃的食物。

2. 介紹你每天進食的習慣。

提示：

（1）主食類、蔬菜類、肉食類、水果類、小吃零食類……

（2）吃幾頓、在哪兒吃、什麼時候吃、吃些什麼……

3. 介紹一家餐廳（飯館）。

第五課 問路

Wèn Lù

B5-1

jǐ lù chē　kěyǐ　Hǎiyùn Dàshà　yìzhí　lùkǒur　Túnmén
幾路車　可以　海運大廈　一直　路口兒　屯門

zhǎo　jiāotōng gōngjù　chūzū qìchē　qìdiànchuán　huǒchē
找　交通工具　出租汽車　氣墊船　火車

dìtiě　gé
地鐵　隔

B5-2

Xiānsheng, qǐngwèn dào Jiānshāzuǐ Mǎtou qu, yīnggāi zuò jǐ lù chē?
1. 先生，請問到尖沙咀碼頭去，應該坐幾路車？

Nín kě yǐ zuò yī lù chē dào zǒngzhàn, zài zǒu bùyuǎn jiù dào le.
2. 您可以坐1路車到總站，再走不遠就到了。

Xièxie nín. Zài qǐngwèn yíxià, qù Hǎiyùn Dàshà yòu zěnme zǒu ne?
3. 謝謝您。再請問一下，去海運大廈又怎麼走呢？

Cóng zhèli yìzhí wǎng qián zǒu, guò dì-sān ge lùkǒur jiù chàbuduō dào le.
4. 從這裏一直往前走，過第三個路口兒就差不多到了。

*　*　*

Wǒ xiǎng dào Túnmén zhǎo yí ge péngyou, zuò shénme chē qù hǎo ne?
5. 我想到屯門找一個朋友，坐什麼車去好呢？

Wǒ yě bú tài qīngchu, qǐng nín wèn biéren ba.
6. 我也不太 清楚，請 您 問 別人 吧。

*　　　*　　　*

Xiānggǎng de jiāotōng gōngjù zhēn bùshǎo wa.
7. 香港 的 交通 工具 真 不少 哇。

Shì a, yǒu gōnggòng qìchē、chūzū qìchē、xiǎojiàochē、dùlún、
8. 是啊，有 公共 汽車、出租 汽車、小 轎 車、渡輪、

qìdiànchuán、diànchē、huǒchē、dìtiě hé qīngtiě děngděng.
氣墊 船、電 車、火 車、地鐵 和 輕 鐵 等等。

*　　　*　　　*

Wǒ xiǎng qù Cháiwān zěnme qù?
9. 我 想 去 柴 灣 怎麼 去？

Nǐ kěyǐ zuò dìtiě, Cháiwān yǒu zhàn.
10. 你 可以 坐 地鐵，柴 灣 有 站。

有關詞語 B5-3

（一）

Zhōnghuán 中環　Xī huán 西環　Tóngluówān 銅鑼灣　Dàkēng 大坑　Běijiǎo 北角　Shāojīwān 筲箕灣

Jiānshāzuǐ 尖沙咀　Wàngjiǎo 旺角　Hóngkàn 紅磡　Jiǔlóngtáng 九龍塘　Jiāngjūn'ào 將軍澳　Yóutáng 油塘

Tiānshuǐwéi 天水圍　Dōngchōng 東涌　Chìzhù 赤柱　Chángzhōu 長洲　Shīzi Shān 獅子山　Jièxiàn Jiē 界限街

Wéiduōlìyà Gǎng 維多利亞港

（二）

hónglǜdēng　guò mǎlù　xiàng zuǒ(yòu) guǎi　biàndào
紅綠燈　過 馬路　向 左(右) 拐　便 道

rénxíng-héngdào　Jiē dào lù　jìng　lǐ　xiàng　hútòng　suìdào
人行橫道　街 道 路　徑　里　巷　胡同　隧道

rénxíng tiānqiáo　gāojiàqiáo　gāosù gōng lù
人 行 天 橋　高架橋　高速 公 路

kāi chē　chāo chē　dào chē　dǎo chē (huàn chē)
開 車　超 車　倒 車　倒 車(換 車)

練　習

一、發音練習

［聲母 k、h］

ke	kě yǐ 可以	kèrén 客人	késou 咳嗽
he	hé nǐ 和你	hézuò 合作	rú hé 如何

［聲母 j、q］

ji	jǐ lù 幾路	jí zhōng 集 中	guójì 國際
qi	qìdiànchuán 氣墊船	yìqǐ 一起	xīngqī 星期

二、辨別字音

1. 汽（qì）：	汽車	汽水（兒）	汽油
戲（xì）：	遊戲	演戲	戲劇
2. 火（huǒ）：	火車	火花	
課（kè）：	課程	功課	
3. 少（shǎo）：	不少	少數	
小（xiǎo）：	小轎車	小巴	

三、課堂談話內容

1. 你從家裏上班（或上學）怎麼走？

2. 如果有人向你問路，要從這裏到以下這些地方，你會教他怎麼走？

（1）到旺角

（2）到羅湖

（3）到機場

提示：

坐什麼車？車站在哪裏？要不要換車？

如果走路去有多遠？

附：香港行政區域劃分（18 區）

Xiānggǎng Dǎo 香港島	Jiǔlóng 九龍	Xīnjiè 新界	
Zhōng-xīqū 中西區	Jiǔlóngchéng 九龍城	Lí dǎo 離島	Dàbù 大埔
Dōngqū 東區	Guāntáng 觀塘	Kuíqīng 葵青	Quánwān 荃灣
Nánqū 南區	Shēnshuǐbù 深水埗	Běiqū 北區	Túnmén 屯門
Wānzǎi 灣仔	Huángdàxiān 黃大仙	Xīgòng 西貢	Yuánlǎng 元朗
	Yóujiānwàng 油尖旺	Shātián 沙田	

第六課 旅行

Lǚxíng

B6-1

tīngshuō	Mǎláixīyà	juéde	zìjǐ	cāoxīn	jiǎnshǎo	xǔduō	wán(r)
聽説	馬來西亞	覺得	自己	操心	減少	許多	玩（兒）
Bǎishèngtān	jíliú	pùbù	shǒuxù	Xiānggǎng	Tèqū	Hùzhào	
百勝灘	急流	瀑布	手續	香港	特區	護照	
qiānzhèng	Ōuzhōu						
簽證	歐洲						

B6-2

1. Lǎo Lǐ, Tīngshuō nǐ quánjiā qù Mǎláixīyà lǚxíng le, něi tiān huílai de?
   老李，聽説 你 全 家 去 馬來西亞 旅行 了，哪 天 回來 的？

2. Wǒmen shì shàng xīngqīliù huílai de, zhèng gǎnshang xià dàyǔ.
   我們 是 上 星期六 回來 的，正 趕 上 下 大雨。

3. Nǐmen shì gēn lǚxíngtuán qù de ma?
   你們 是 跟 旅行團 去 的 嗎？

4. Shì, wǒ juéde gēn lǚxíngtuán qù, búyòng zìjǐ lǎo nàme cāoxīn, kěyǐ jiǎnshǎo xǔduō láolèi hé fánnǎo, néng wánr de gèng hǎo.
   是，我 覺得 跟 旅行團 去，不用 自己 老 那麼 操心，可以 減 少 許多 勞累 和 煩惱 ，能 玩兒 得 更 好。

5. Fēilǜbīn yǒu něixiē kě yóulǎn de dìfang?
   菲律賓 有 哪些 可 遊覽 的 地方 ？

6. Duō zài Lǚsòng Dǎo shang. Yǒu Bǎishèngtān de jíliú pùbù, bìshǔ shèngdì Bìyáo, wénhuàcūn hé huǒshānhú děng.
   多 在 呂宋 島 上 。有 百勝灘 的 急流 瀑布，避暑 勝地 碧瑤 ，文化村 和 火山湖 等。

7. Qù wàiguó lǚ xíng, shǒuxù hǎo bàn ma?
   去 外國 旅 行 ，手 續 好 辦 嗎？

Hěn róngyì, ná Xiānggǎng Tèqū hùzhào qù hěn duō guójiā dōu
8. 很容易，拿香港特區護照去很多國家都

miǎn qiānzhèng.
免簽證。

Míngnián wǒ xiǎng qù Ōuzhōu yí tàng.
9. 明年我想去歐洲一趟。

Děng háizi dà yìdiǎnr, zuò chángtú fēijī méi nàme máfan, wǒ
10. 等孩子大一點兒，坐長途飛機沒那麼麻煩，我

yě dǎsuan qù Ōuzhōu、Běiměi lǚxíng.
也打算去歐洲、北美旅行。

Xiǎoháir jīpiào de jiàqian gēn dàren yíyàng ma?
11. 小孩兒機票的價錢跟大人一樣嗎？

Liǎng suì yǐxià, dà yuē shì chéng rén jīpiào de sì fēn zhī
12. 兩歲以下，大約是成人機票的四分之

yī, guòle liǎng suì shì chéngrénpiào de qīchéng(r). Búguò
一，過了兩歲是成人票的七成（兒）。不過

jīchǎngshuì děng shōufèi shì yí yàng de.
機場稅等收費是一樣的。

有關詞語 B6-3

（一）

Niǔyuē 紐約　Sānfān Shì 三藩市　Wēngēhuá 溫哥華　Bólín 柏林　Wéiyěnà 維也納　Shǒu'ěr 首爾　Mǎnílā 馬尼拉

Jílóngpō 吉隆坡　Xīnjiāpō 新加坡　Xīní 悉尼　Dàbǎn 大阪

（二）

lǚguǎn 旅館　bīnguǎn 賓館　dānrénfáng 單人房　shuāngrénfáng 雙人房

qǐng jiā chuáng 請加床　zhěntou tài dī 枕頭太低　dēng huàile 燈壞了　diàndēng kāiguān 電燈開關

cèsuǒ zài nǎr? 廁所在哪兒？　yàoshi jiāogěi shéi? 鑰匙交給誰？

練　習

一、發音練習

［聲母 zh、ch、sh、r］

zh	hùzhào 護照　qiānzhèng 簽證　Ōuzhōu 歐洲
ch	qīchéng(r) 七成（兒）　jī chǎng 機場
sh	shǒuxù 手續　tīngshuō 聽說　jiǎnshǎo 減少　shùnlì 順利
r	róngyì 容易　chéngrén 成人

［聲母 z、c、s］

z	zài jiā 在家　zuò fēijī 坐飛機　zìjǐ 自己
c	cāoxīn 操心　wénhuàcūn 文化村
s	Lǚsòng Dǎo 呂宋島　dǎsuan 打算　liǎng suì 兩歲

二、辨別字音

1. 證（zhèng）：　證明　身份證　證書　證人

   勝（shèng）：　勝地　勝利　名勝　勝敗

2. 續（xù）：　手續　繼續　陸續

   暑（shǔ）：　避暑　暑假　消暑

3. 稅（shuì）：　機場稅　稅收　免稅

   歲（suì）：　兩歲　歲月　歲數

三、課堂談話內容

1. 你到過哪些國家旅遊？請談談你的旅遊經歷。

2. 介紹幾個國家的首都或大城市。

提示：

Zhōngguó (Běijīng) 中國（北京） Rìběn (Dōngjīng) 日本（東京） Yīngguó (Lúndūn) 英國（倫敦）

Měiguó (Huáshèngdùn) 美國（華盛頓） Fǎguó (Bālí) 法國（巴黎） Yìdàlì (Luómǎ) 意大利（羅馬）

Tàiguó (Màngǔ) 泰國（曼谷） Yìnní (Yǎ jiā dá) 印尼（雅加達） Éluósī (Mòsīkē) 俄羅斯（莫斯科）

Jiānádà (Wòtàihuá) 加拿大（渥太華）

第七課 運動

Yùndòng

huódòng 活動	shēntǐ 身體	xīwàng 希望	wúlùn rúhé 無論如何	pǎobù 跑步	shàngbān 上班	yóuyǒng 游泳
yǔmáoqiú 羽毛球	wǔshù 武術	jiāowài 郊外	kōng qì 空氣	cháng qī 長期	yuǎnzú 遠足	páshān 爬山

B7-1

B7-2

Xiǎo Wú, nǐ xǐhuan shénme yùndòng?
1. 小吳，你喜歡什麼運動？

Wǒ bú tài ài huódòng shénme yùndòng dōu bù xǐhuan.
2. 我不太愛活動，什麼運動都不喜歡。

Yō, nà bù hǎo. Wǒmen yào jīngcháng huódòng, shàishai tàiyáng, shēntǐ cái huì jiànkāng.
3. 唷，那不好。我們要經常活動，曬曬太陽，身體才會健康。

Wǒ xīwàng jīngguò jǐ ge yuè de duànliàn, jiànkāng qíngkuàng huì yǒusuǒ hǎozhuǎn.
4. 我希望經過幾個月的鍛煉，健康情況會有所好轉。

Wúlùn rúhé, qiānwàn búyào zhǐshì kàn shū、xiě wénzhāng, bù huódòng ; gèng búyào áoyè 、chōuyān.
5. 無論如何，千萬不要只是看書、寫文章，不活動；更不要熬夜、抽煙。

* * *

Měi tiān yìzǎo, wǒ zǒng dào gōngyuán pǎobù, ránhòu cái shàngbān qu, yīncǐ jīngshen hé wèikǒu dōu hěn hǎo.
6. 每天一早，我總到公園跑步，然後才上班去，因此精神和胃口都很好。

Wǒ xiàwǔ fàngxué hòu, búshì yóuyǒng, jiùshì dǎ yǔmáoqiú,
7. 我下午放學後，不是游泳，就是打羽毛球，

huòzhě liàn wǔshù.
或者練武術。

Xīngqīrì, wǒmen yì jiā rén cháng dào Dàyǔshān huò Qiǎnshuǐwān
8. 星期日，我們一家人常到大嶼山或淺水灣

děng dì qù wánr.
等地去玩（兒）。

Jiāowài kōngqì xīnxiān、fēngjǐng yě hǎo, chángqī zhù zài chéngshì
9. 郊外空氣新鮮、風景也好，長期住在城市

li de rén, shì yīnggāi jīngcháng qù zǒuzou de.
裏的人，是應該經常去走走的。

Yǒushíhou yuē jǐ ge péngyou qù yuǎnzú huò páshān, yě shì yí
10. 有時候約幾個朋友去遠足或爬山，也是一

jiàn lèshì.
件樂事。

有關詞語 B7-3

（一）

lánqiú zúqiú pīngpāngqiú wǎngqiú páiqiú gāo'ěrfūqiú bìqiú
籃球 足球 乒乓球 網球 排球 高爾夫球 壁球

lùyíng pānshí quánjī róudào táiquándào huáchuán shuāijiāo
露營 攀石 拳擊 柔道 跆拳道 划船 摔跤

tiánjìng qí zìxíngchē
田徑 騎自行車

（二）

bǐsài guànjūn yàjūn jìjūn jiāyóu(r) shūyíng tǐyù jīngshen
比賽 冠軍 亞軍 季軍 加油（兒） 輸贏 體育精神

yùndòngchǎng Àolínpǐkè Yùndònghuì Hóngkàn Tǐyùguǎn
運動場 奧林匹克運動會 紅磡體育館

練　習

一、發音練習

［zhi、chi、shi、ri］

zhi /chi	zhīchí 支持	zhíchǐ 直尺	chízhì 遲滯
chi / shi	chīshí 吃食	shìchǐ 市尺	
shi /zhi	shízhì 實質	zhīshi 知識	zhǐshì 指示
ri / zhi	rìzhì 日誌	zhírì 值日	

［zi、ci、si］

zi / ci	zì cí 字 詞	cìzǐ 次子
ci / si	cìsǐ 刺死	sì cì 四 次

二、辨別字音

1. 總（zǒng）：　總是　總結

　腫（zhǒng）：　腫脹　紅腫

2. 城（chéng）：　城市　城鎮　城門

　層（céng）：　樓層　高層

3. 足（zú）：　遠足　足球　足夠

竹（zhú）：　　竹子　　竹葉

三、課堂談話內容

1. 你喜歡什麼運動？談談這種運動的好處。

2. 說說奧運會有哪些比賽項目。

3. 請描述一場體育比賽或表演的情景。

提示：

田徑運動會、游泳比賽 / 水運會、

籃球賽、足球賽、跳水表演……

第八課 娛樂

Yúlè

yīnyuè 音樂　qiūjì 秋季　yǎnzòuhuì 演奏會　zhuānchǎng 專場　zhōngyuè 中樂　xīyuè 西樂　diànyǐng(r) 電影（兒）

yǒu kòngr 有空兒　Yìshù 藝術　Zhōngxīn 中心　huàzhǎn 畫展　ránhòu 然後　hǎo bàn 好辦　bālěiwǔ 芭蕾舞　chuīniú 吹牛

B8-1

B8-2

1. Xiǎo Chuān, zuótiān wǎnshang wǒ dǎ diànhuà zhǎo nǐ méi zhǎo dào, nǐ shàng nǎr qu le?
小川，昨天晚上我打電話找你沒找到，你上哪兒去了？

2. Ò, zhēn duìbuqǐ, wǒ hé Xiǎo Juān shàng Yǎnzòutīng tīng yīnyuè qu le.
哦，真對不起，我和小娟上演奏廳聽音樂去了。

3. Shì tīng zhōngyuè háishi xīyuè ?
是聽中樂還是西樂？

4. Shì Xiānggǎng Zhōngyuètuán de qiūjì yǎnzòuhuì zhuānchǎng. Nǐ zhǎo wǒ yǒu shénme shì ma?
是香港中樂團的秋季演奏會專場。你找我有什麼事嗎？

5. Wǒ xiǎng yuē nǐ qù kàn diànyǐng(r). Jīnwǎn nǐ yǒu kòngr ma?
我想約你去看電影（兒）。今晚你有空兒嗎？

6. Wǒ běnlái xiǎng qù Yìshù Zhōngxīn kàn huàzhǎn de.
我本來想去藝術中心看畫展的。

7. Zhè hǎo bàn. Wǒ xiān péi nǐ qù kàn huàzhǎn, ránhòu zánmen zài yìqǐ qù kàn qī diǎn bàn nèi chǎng de diànyǐng(r). Nǐ kàn zěnmeyàng?
這好辦。我先陪你去看畫展，然後咱們再一起去看七點半那場的電影（兒）。你看怎麼樣？

Jiù zhèiyàng ba! Xià xīngqīsān wǒ qǐng nǐ kàn bālěiwǔ.
8. 就 這樣 吧！下 星期三 我 請 你 看 芭蕾舞。

Nǐ búshi chuīniú ba? Tīngshuō piào zǎo màiguāng le.
9. 你 不是 吹牛 吧？ 聽說 票 早 賣光 了。

Fàngxīn ba! Shì péngyou sòng de zhāodàiquàn, zuì hǎo de
10. 放心 吧！是 朋友 送 的 招待券，最 好 的

zuòwèi, bāo nǐ mǎnyì.
座位，包 你 滿意。

Nà tài xièxie nǐ le.
11. 那 太 謝謝 你 了。

Zìjǐrén ma, hébì zhème kèqi!
12. 自己人 嘛，何必 這麼 客氣！

有關詞語 B8-3

（一）

gējù 歌劇	huàjù 話劇	yīnyuèjù 音樂劇	yuèjù 粵劇	jīngjù 京劇	diànshì jiémù 電視節目
yǎnchànghuì 演唱會	zájì 雜技	móshù 魔術	wǔdǎo 舞蹈	zōnghé wǎnhuì 綜合晚會	
zhǎnlǎnhuì 展覽會	dǎ májiàng 打麻將	diàoyú 釣魚	shàngwǎng 上網	diànzǐ yóuxì 電子遊戲	

（二）

xiāoqiǎn 消遣	mǎi piào 買票	kāiyǎn 開演	sànchǎng 散場	wǎngshang dìng piào 網上訂票
gǔzhǎng 鼓掌	hècǎi 喝彩	shìhào 嗜好	gēmí 歌迷	

練 習

一、發音練習

［韻母 ie、üe］

ie	xièxie 謝謝　　tiēqiè 貼切
üe	zhōngyuè 中樂　　yuēhuì 約會

［韻母 iu、ui］

iu	qiū jì 秋季　　chuīniú 吹牛
ui	yǎnzòuhuì 演奏會　　zuìhǎo 最好

二、辨別字音

1. 娟（juān）：　小娟

   專（zhuān）：　專場　專業　大專

   券（quàn）：　招待券　入場券　獎券

2. 秋（qiū）：　秋季　中秋

   抽（chōu）：　抽煙　抽籤

3. 自（zì）：　自己　自動　來自

   記（jì）：　記錄　登記

三、句式練習

上（到）……去

1. 你上哪兒去？

2. 上演奏廳聽音樂去。

3. 我想到外地去走走，你說到什麼地方（去）好呢？

四、課堂談話內容

1. 你業餘時間是怎麼度過的？有什麼興趣愛好？

2. 你愛看電視嗎？喜歡哪些節目？

提示：

xīnwén jiémù 新聞 節目	diànshì jù 電視劇	zōngyì jiémù 綜藝 節目	shíshì pínglùn 時事 評論
shèhuì zhuāntí 社會 專題	tǐyù jiémù 體育節目	zīxùnxìng jiémù 資訊性 節目	cáijīng jiémù 財經 節目
fǎngtán 訪談			

3. 請向大家介紹一部電影。

第九課 書報

Shūbào

chūbǎn 出版　bàozhǐ 報紙　zázhì 雜誌　bàokān 報刊　xǐhuan 喜歡　guàng 逛　shūdiàn 書店　túshūguǎn 圖書館

shàng jiē 上街　Dàhuìtáng 大會堂　wǔxiá 武俠　xiǎoshuō 小說　Tángshī 唐詩　yóuqí 尤其　zuòpǐn 作品

wénxué 文學　yíchǎn 遺產

B9-1

B9-2

Xiānggǎng de chūbǎnyè xiāngdāng búcuò ya.
1. 香港的出版業相當不錯呀。

Shìde, guāng shì bàozhǐ hé zázhì dàyuē jiù yǒu hǎo jǐshí zhǒng.
2. 是的，光是報紙和雜誌大約就有好幾十種。

Búguò zhè lǐbian yǒu bùfen bàokān de nèiróng shì bú tài jiànkāng de.
不過這裏邊有部分報刊的內容是不太健康的。

Nǐ shì zhǐ něixiē fāngmiàn?
3. 你是指哪些方面？

Bǐrú xuànrǎn sèqíng、míxìn、dǔbó hé xiělīnlīn de fànzuì děng,
4. 比如渲染色情、迷信、賭博和血淋淋的犯罪等，

zhèixiē duì qīng-shàonián dōu yǒu jí huài de yǐngxiǎng.
這些對青少年都有極壞的影響。

Nǐ xǐhuan guàng shūdiàn hé shàng túshūguǎn ma?
5. 你喜歡逛書店和上圖書館嗎？

Wǒ shàngjiē de shíhou cháng dào shūdiàn qu kànkan, xiūjià de shíhou jīngcháng qù Zhōngyāng Túshūguǎn jiè shū.
6. 我上街的時候常到書店去看看，休假的時候經常去中央圖書館借書。

Nǐ xǐhuan kàn wǔxiá xiǎoshuō ma?
7. 你喜歡 看武俠 小說 嗎？

Tánbushàng xǐhuan, búguò, yǒu kòngr yě jièlai kànkan.
8. 談不上 喜歡 ，不過 ，有 空兒 也 借來 看看。

Wǒ ài dú de shì «Sānguó Yǎnyì» «Shuǐhǔ Zhuàn» «Xīyóu Jì» hé
9. 我愛讀的是《三國 演義》《水滸 傳》《西遊記》和

«Hónglóumèng».
《紅 樓 夢》。

Duì, nà shì wǒguó yōuxiù de wénxué yí chǎn.
10. 對，那是我國 優秀的 文學 遺產。

有關詞語 B9-3

(一)

shījí jùběn zhuànjì sǎnwén kēhuàn xiǎoshuō
詩集 劇本 傳記 散文 科幻 小說

yuèkān bànyuèkān zhōukān miǎnfèi bàozhǐ zhuānlán shèlùn
月刊 半月刊 周刊 免費 報紙 專欄 社論

tègǎo shūpíng yǐngpíng yúlè xīnwén fùkān diànzǐshū
特稿 書評 影評 娛樂新聞 副刊 電子書

wǎngshang xīnwén
網上 新聞

(二)

shūjú bàotān bàoshè biānjí fāxíng chàngxiāo jīngzhuāng
書局 報攤 報社 編輯 發行 暢銷 精裝

píngzhuāng xiànzhuāng dàizhuāngshū Zhōng-Yīng duìzhào
平裝 線裝 袋裝書 中英對照

chá zìdiǎn dúzhě láixìn
查字典 讀者 來信

練　習

一、發音練習

［韻母 an、en、in］

an	bàokān 報刊　chūbǎn 出版　fànzuì 犯罪　xuànrǎn 渲染
en	bùfen 部分　jǐ běn 幾本
in	míxìn 迷信　línjìn 鄰近

二、辨別字音

1. 圖（tú）：　圖書館　地圖　企圖

　逃（táo）：　逃走　逃命

2. 刊（kān）：　報刊　刊登　場刊

　汗（hàn）：　汗水　大汗淋漓

3. 染（rǎn）：　污染　染色

　掩（yǎn）：　掩蓋　遮掩

三、課堂談話內容

1. 你有每天看報的習慣嗎？喜歡看什麼報？

2. 請向大家介紹一本雜誌或一本書。

提示：

shíshì 時事　yǔwén 語文　cáijīng 財經　shízhuāng 時裝　yǐnshí 飲食　yù 'ér 育兒

kēxué 科學　lǚyóu 旅遊　dìlǐ 地理　yúlè 娛樂　qìchē 汽車　xuébào 學報

3. 談談最近有什麼新聞。

第十課 健康

Jiànkāng

B10-1

qìsè tǐng hǎo bàng bǎojiàn gǎnmào késou fāshāo tóuténg
氣色 挺好 棒 保健 感冒 咳嗽 發燒 頭疼

shūfu xíguàn kuàicān shèngxíng yóu yán táng qīngdàn
舒服 習慣 快餐 盛行 油 鹽 糖 清淡

B10-2

1. Nǐ qìsè tǐng hǎo, shēntǐ bǐ yǐqián bàng le, yǒu shénme bǎojiàn fāngfǎ, shuōshuo!
你氣色挺好，身體比以前棒了，有什麼保健方法，說說！

2. Yǐqián yí rù dōng wǒ jiù róngyì gǎnmào、késou, yǒushí hái fā shāo. Qiánnián hái zhùle jǐ tiān yīyuàn.
以前一入冬我就容易感冒、咳嗽，有時還發燒。前年還住了幾天醫院。

3. Shì a, nǐ yǐqián lǎoshi tóuténg, bù shūfu, sāntiān-liǎngtóur jiàn yīshēng, xiànzài búyòng le ba？
是啊，你以前老是頭疼，不舒服，三天兩頭兒見醫生，現在不用了吧？

4. Qíshí hěn jiǎndān, gǎibiàn zìjǐ bú jiànkāng de yǐnshí xíguàn hé shēnghuó fāngshì, zài jiāqiáng yùndòng jiù xíng le.
其實很簡單，改變自己不健康的飲食習慣和生活方式，再加強運動就行了。

5. Xiànzài kuàicān shèngxíng, yóu duō、yán duō、táng duō. Xiǎng qīngdàn diǎnr dōu bùxíng, duì shēntǐ méi hǎochu.
現在快餐盛行，油多、鹽多、糖多。想清淡點兒都不行，對身體沒好處。

6. Jǐnliàng zài jiā chīfàn, zuìjìn dài fàn dào gōngsī de rén duō le, bú shì wèi shěng qián, shì wèile jiànkāng.
儘量在家吃飯，最近帶飯到公司的人多了，不是為省錢，是為了健康。

Shēnghuó fāngshì zěnme biàn?
7. 生活方式怎麼變？

Zǎo shuì zǎo qǐ, měi tiān yùndòng èrshí fēnzhōng dào bànxiǎoshí.
8. 早睡早起，每天運動二十分鐘到半小時。

Zhè jiù bǐjiào nán zuòdào le, gōngzuò tài máng, zěnme néng
9. 這就比較難做到了，工作太忙，怎麼能

zǎo shuì, nǎli zhǎo yùndòng de shíjiān?
早睡，哪裏找運動的時間？

Nà jiù děi tígāo gōngzuò xiàolǜ le, nǐ měi tiān shàng-xiàbān, bú
10. 那就得提高工作效率了，你每天上下班，不

zuò chē, huòzhě shǎo zuò yí duàn chē, gǎiwéi zǒulù, zhè jiù
坐車，或者少坐一段車，改為走路，這就

shì yùndòng le.
是運動了。

有關詞語 B10-3

（一）

zhěnsuǒ nèikē wàikē érkē fùchǎnkē ěr-bí-hóukē yá kē
診所 內科 外科 兒科 婦產科 耳鼻喉科 牙科

pífūkē jīngshénkē gǔ kē zhōng yī guàhào jiāofèi qǔ yào
皮膚科 精神科 骨科 中醫 掛號 交費 取藥

yàopiàn huàyàn chāoshēngbō xīndiàntú
藥片 化驗 超聲波 心電圖

（二）

shuìbuzháo jiào shīmián hǎo duō le
睡不着覺 失眠 好多了

kòngzhì tǐzhòng xuèyā zhèngcháng
控制體重 血壓正常

Dàjiā wènhòu nǐ zhù nǐ zǎorì kāngfù
大家問候你 祝你早日康復

練　習

一、發音練習

［韻母 ang、eng、ing、ong］

ang	jiànkāng 健康	fāngshì 方式	tài máng 太忙
eng	tóuténg 頭疼	yī shēng 醫生	shěng qián 省錢
ing	tǐng hǎo 挺好	shèngxíng 盛行	
ong	yùndòng 運動	búyòng 不用	gōngzuò 工作

二、辨別字音

1. 疼（téng）：　頭疼　心疼　疼愛

   痛（tòng）：　痛苦　傷痛

2. 燒（shāo）：　發燒　燒傷

   修（xiū）：　修理　修改

   消（xiāo）：　消化　消毒　取消

3. 省（shěng）：　省錢　省事　節省

   賞（shǎng）：　賞錢　賞識　觀賞

三、課堂談話內容

1. 談談你的健康情況和保健心得。

2. 你曾經得過什麼病嗎？談談你的感受和治療過程。

提示：

qìguǎnyán 氣管炎	guānjiéyán 關節炎	gǔzhì shūsōng 骨質疏鬆	chángwèiyán 腸胃炎
tángniàobìng 糖尿病	zhòngshǔ 中暑	bí mǐngǎn 鼻敏感	zhòngfēng 中風

3. 模擬看病時醫生和病人的對話。

提示：

醫生：你覺得哪兒不舒服？

病人：今天早上起床後……

Zhōnghuá Yóu

第十一課 中華 遊

B11-1

jīnnián 今年　guàng yi tàng 逛一趟　jǐnxiù 錦繡　héshān 河山　kěxī 可惜　jìjié 季節　Běijīng 北京

fǒuzé 否則　mián'ǎo 棉襖　máfan 麻煩　zhùmíng 著名　guǎngchǎng 廣場　Gùgōng 故宮　Bówùyuàn 博物院

Lúgōu Qiáo 盧溝橋　súyǔ 俗語　Guìlín 桂林　kě'ài 可愛　yìqǐ 一起

B11-2

Wǒ xiǎng zài jīnnián qiūtiān dào nèidì qu guàng yi tàng, nǐ shuō dào shénme dìfang hǎo ne?

1. 我想在今年秋天到內地去逛一趟，你說到什麼地方好呢？

Zhōngguó jǐnxiù héshān, chùchù dōu shì hǎo dìfang. Qù lǚxíng, qiūtiān bǐ biéde jìjié hǎo de duō, wǒ jiànyì nǐ xiān dào Běijīng qu, fǒuzé dōngtiān chuān mián'ǎo jiù máfan le.

2. 中國錦繡河山，處處都是好地方。去旅行，秋天比別的季節好得多，我建議你先到北京去，否則冬天穿棉襖就麻煩了。

Běijīng yǒu něixiē hǎowánr de dìfang?

3. 北京有哪些好玩兒的地方？

Duō zhe ne! Yǒu zhùmíng de Tiān'ānmén Guǎngchǎng、Tiāntán、Běihǎi、Gùgōng Bówùyuàn、Yíhé Yuán、Shísān Líng、Xiāng Shān、Bādálǐng hé Lúgōu Qiáo, háiyǒu "Niǎocháo" hé "Shuǐlìfāng".

4. 多着呢！有著名的天安門廣場、天壇、北海、故宮博物院、頤和園、十三陵、香山、八達嶺和盧溝橋，還有“鳥巢”和“水立方”。

Súyǔ shuō: "Guìlín shānshuǐ jiǎ tiānxià", Zhè shì zhēn de ma?

5. 俗語說：“桂林山水甲天下”，這是真的嗎？

Yìdiǎnr yě bú cuò, Guìlín yǒu fēicháng yōuměi de shānshuǐ hé
6. 一點兒 也 不 錯 ，桂林 有 非常 優美 的 山水 和
kě'ài de yándòng, měi jí le.
可愛的 巖洞 ，美 極 了。

Nǐ qùguo Hángzhōu ma?
7. 你 去過 杭州 嗎？

Méi ne, zhèi cì yí dìng děi hǎohāor yóu yi yóu Xī Hú.
8. 沒 呢，這 次 一 定 得 好好兒 遊 一 遊 西 湖。

Míngnián wǒ hái dǎsuan dào Táiwān qu zǒuzou ne, zánmen yìqǐ
9. 明 年 我 還 打 算 到 台 灣 去 走 走 呢，咱 們 一起
qù hǎo ma?
去 好 嗎？

Hǎo a, wǒ yě zhèng xiǎng qù ne. Táiwān shì bǎodǎo, Ālǐ
10. 好 啊，我 也 正 想 去 呢。台 灣 是 寶 島 ，阿里
Shān 、Rì yuè Tán, nàr yǒu xǔduō lǚ yóu shèngdì.
山 、日 月 潭 ，那兒 有 許 多 旅 遊 勝 地。

Tīngshuō Táiběi de Gùgōng Bówùyuàn shì yí dìng yào qù cānguān
11. 聽 說 台 北 的 故 宮 博 物 院 是 一 定 要 去 參 觀
de.
的。

Hái yǒu Táiwān de xiǎochī pǐnzhǒng hěn duō, fēicháng hǎochī,
12. 還 有 台 灣 的 小 吃 品 種 很 多 ，非 常 好吃，
bù néng bú shì.
不 能 不 試。

有關詞語 B11-3

(一)

Tiānjīn Shànghǎi Hángzhōu Nánjīng Fúzhōu Guìzhōu
天津 上海 杭州 南京 福州 貴州

Chóngqìng Kūnmíng Shēnzhèn Guǎngzhōu Hǎinán Dǎo Xī'ān
重慶 昆明 深圳 廣州 海南島 西安

Lāsà Wūlǔmùqí Táiběi Gāoxióng
拉薩 烏魯木齊 台北 高雄

（二）

huíxiāngzhèng (kǎ) hǎiguān miǎnshuì Rénmínbì zhítōngchē
回鄉證（卡） 海關 免稅 人民幣 直通車

fēijī kèlún guòjìng bāshì wèishēng jiǎnyì yìngwò ruǎnwò
飛機 客輪 過境巴士 衛生檢疫 硬臥 軟臥

cānchē hángkōng gōngsī jīpiào tóuděngcāng shāngwùcāng
餐車 航空公司 機票 頭等艙 商務艙

jīngjìcāng
經濟艙

練習

一、發音練習

［韻母 o、uo］

o	bówùyuàn 博物院　dǔbó 賭博
uo	xǔduō 許多　tīngshuō 聽說　búcuò 不錯　qùguo 去過

［韻母 ia、iao］

ia	jiǎ tiānxià 甲天下　jiā li 家裏　cǎixiá 彩霞　xiàtiān 夏天
iao	Lúgōu Qiáo 盧溝橋　xiǎochī 小吃　qiāo mén 敲門

二、辨別字音

1. 襖（ǎo）：　棉襖　皮襖

   奧（ào）：　奧運會　深奧

2. 俗（sú）：　俗語　通俗

   族（zú）：　民族　宗族

3. 岩（yán）：　岩洞　岩石

   嚴（yán）：　嚴密　戒嚴

   癌（ái）：　癌症

三、句式練習

甲比乙……（形容詞或短語）

1. 秋天比別的季節好得多。
2. 他比我強。
3. 坐火車比坐船便宜。

四、課堂談話內容

1. 你到內地哪些地方旅遊過？請介紹一下。

2. 你喜歡的中國名勝古跡有哪些？

提示：

Chángchéng 長城	Huáng Shān 黃山	Chángjiāng Sānxiá 長江三峽	
Qín Bīngmǎyǒng 秦兵馬俑	Bù dá lā Gōng 布達拉宮	Kǒng Miào 孔廟	Tài Shān 泰山
Zhāngjiā jiè 張家界	Lóngmén Shíkū 龍門石窟	Zhàoqìng Qī xīngyán 肇慶七星岩	
Shàolín Sì 少林寺	Shílín 石林	Xīshuāngbǎnnà 西雙版納	

3. 有哪些地方你最想去遊覽？什麼時候去最合適？

第十二課 教育 Jiàoyù

B12-1

gǎnzhe 趕着	yòu'éryuán 幼兒園	xué 'é 學額	jǐnzhāng 緊張	nán'áo 難熬	hánchuāng 寒窗	
pīnbó 拚搏	chóngshàng 崇尚	míngpáir 名牌兒	bǔtiē 補貼	xiàofú 校服	záfèi 雜費	jìngzhēng 競爭
jīliè 激烈	mìngyùn 命運					

B12-2

1. Nǐ zhè shì qù nǎr? Nàme zháojí.
你這是去哪兒？那麼着急。

2. Gǎnzhe gěi nǚ'ér bào yòu'éryuán.
趕着給女兒報幼兒園。

3. Yòu'éryuán xué 'é hěn jǐnzhāng ma?
幼兒園學額很緊張嗎？

4. Míngxiào hěn nán jìn, bàomíng rén duō, shōu de shǎo. Nǐ méi tīngguo ma? hái zi bù néng shū zài qǐpǎoxiàn shang.
名校很難進，報名人多，收得少。你沒聽過嗎？孩子不能輸在起跑綫上。

5. Xiǎoháir cóng shàng yòu'éryuán jiù jǐnzhāng, xiǎoxué liù nián, zhōngxué liù nián, dàxué sì nián, shuòshì、bóshì zài jiā jǐ nián, zhēn nán'áo a! Lǎohuà jiù shuō shí nián hánchuāng, xiàn zài qǐzhǐ shí nián.
小孩兒從上幼兒園就緊張，小學六年，中學六年，大學四年，碩士、博士再加幾年，真難熬啊！老話就說十年寒窗，現在豈止十年。

6. Bìyè chūlai, dào shèhuì shang hái yào pīnbó.
畢業出來，到社會上還要拚搏。

Xiānggǎng chóngshàng míngpáir, lián jiàoyù dōu zhèiyàng.
7. 香港 崇 尚 名牌兒，連 教育 都 這 樣 。

Hǎozài Xiānggǎng yòu'éryuán xuéfèi yǒu zhèngfǔ bǔtiē, xiǎo
好在 香港 幼兒園 學費 有 政府 補貼，小

xué、zhōngxué miǎn xuéfèi.
學、中 學 免 學費。

Shūběn、xiàofú děng záfèi shì fēicháng guì de. Yǎng ge háizi
8. 書本、校服 等 雜費 是 非 常 貴 的。養 個 孩子

zhēn bù róngyì, yǐqián wǒmen xiōngdì jiěmèi hǎo jǐ gè, méiyou
真 不 容易，以前 我們 兄弟 姐妹 好幾 個，沒有

zhème fèijìn.
這麼 費勁 。

Xīnkǔ zhǐyǒu fùmǔ zhīdao.
9. 辛苦 只有 父母 知道 。

Méicuò, yǐqián jìngzhēng méi zhème jīliè.
10. 沒錯 ，以前 競 爭 沒 這麼 激烈。

有關詞語 B12-3

xiàozhǎng zhǔrèn jiàoshī dǎoshī jiàoshòu kǎoshì wénpíng
校長 主任 教師 導師 教授 考試 文憑

zhèngshū chéngjì xuéwèi xué'é xuéqián jiàoyù jìnxiū
證書 成績 學位 學額 學前 教育 進修

kèchéng xìngqùbān zàizhí péixùn bǔxíshè rùxuéshì miànshì
課程 興趣班 在職 培訓 補習社 入學試 面試

nénglì pínggū bájiān xuǎnkē lùqǔ jígé sùshè
能力 評估 拔尖 選科 錄取 及格 宿舍

練　習

一、發音練習

[韻母 ian、uan、üan]

ian	qǐpǎoxiàn 起跑線　yǐqián 以前　shínián 十年
uan	dàzhuān 大專　guānlì 官立
üan	yòu'éryuán 幼兒園　xuǎnbá 選拔

[韻母 iang、uang、iong]

iang	Xiānggǎng 香港　jiānglái 將來
uang	hánchuāng 寒窗　zhuàngkuàng 狀況
iong	xiōngdì 兄弟

二、辨別字音

1. 着（zhāo）：　高着兒　沒着兒

　着（zháo）：　着急　着迷　睡着了

　着（zhuó）：　着手　穿着

　着（zhe）：　聽着　想着

2. 雜（zá）：　雜費　複雜

集（jí）：　集體　收集

習（xí）：　補習　習慣

3. 窗（chuāng）：　寒窗　窗戶

昌（chāng）：　昌盛　昌明

槍（qiāng）：　手槍　槍炮

三、課堂談話內容

1. 請講一件在你學生時代發生的難忘的事情。

2. 你參加過哪些進修課程？談談你的經歷。

提示：

參加的目的、課程的內容、遇到的困難、有什麼得益……

3. 向朋友介紹香港教育的一般情況。

第十三課 職業

Zhíyè

B13-1

bìyè	mìshū	mèn	wěndìng	zhàogu	lǎobǎn	liǎnsè	xìnggé
畢業	秘書	悶	穩定	照顧	老闆	臉色	性格
yíngyè dàibiǎo	tuīxiāo	wéixiū	dōngpǎo-xīdiān				
營業代表	推銷	維修	東跑西顛				
xīnkǔ	jiābān	tiěfànwǎn	jǐngchá				
辛苦	加班	鐵飯碗	警察				

B13-2

1. Bìyè hǎo jǐ nián nǐ yì zhí zuò mìshū, mèn bu mèn?
   畢業好幾年你一直做秘書，悶不悶？

2. Mèn shì mèn, hǎozài wěndìng, wǒ děi zhàogu jiā. Mìshū gōngzuò, hái yào kàn lǎobǎn de liǎnsè. Nǐ de xìnggé zuòbuliǎo.
   悶是悶，好在穩定，我得照顧家。秘書工作，還要看老闆的臉色。你的性格做不了。

3. Wǒ hào dòng, zuòbuzhù. Dǎgōng de dōu yào kàn lǎobǎn liǎnsè, dàng méi kànjiàn, bù wǎng xīn li qù jiù xíng le.
   我好動，坐不住。打工的都要看老闆臉色，當沒看見，不往心裏去就行了。

4. Nǐ háishi zuò yíngyè dàibiǎo ma?
   你還是做營業代表嗎？

5. Wǒ zǎo jiù bú zuò tuīxiāo le. Wǒ shàngle yí ge kèchéng, nádàole wénpíng, zuò diàntī wéixiū bǎoyǎng.
   我早就不做推銷了。我上了一個課程，拿到了文憑，做電梯維修保養。

6. Shì jīdiàn gōngchéngshī?
   是機電工程師？

7. Shénme gōngchéngshī, hái bú shì ge xiū diàntī de. Zhěngtiān dōng
   什麼工程師，還不是個修電梯的。整天東

pǎo-xīdiān, hěn xīnkǔ. Hái yǒu ne, nǐ yào jiābān ma?
跑 西顛 ，很 辛苦 。還 有 呢 ，你 要 加班 嗎？

Yí ge yuè yào jiā sì-wǔ cì bān, búguò yǒu jiābānfèi.
8. 一 個 月 要 加 四五 次 班 ，不過 有 加班費。

Wǒ chàbuduō tiāntiān dōu yào jiābān, érqiě méiyǒu jiābānfèi.
9. 我 差不多 天天 都 要 加班 ，而且 沒有 加班費。

Nǐmen gōngzī gāo, bāole chāoshí gōngzuò. Nǐ yào chūchāi
10. 你們 工資 高 ，包了 超時 工 作 。你 要 出差

ma?
嗎？

Jīngcháng chūchāi, jiā gù bu liǎo bù shuō, qù wàidì, chī
11. 經常 出 差 ，家 顧不了 不 說 ，去 外地，吃

yě chī bu hǎo, shuì yě shuì bu hǎo. Zài yǒu hái yào xuéhuì
也 吃 不 好 ，睡 也 睡 不 好 。再 有 還 要 學會

Pǔtōnghuà, nǐ zhīdao, wǒ de yǔyán nénglì hěn chà.
普通話 ，你 知 道 ，我 的 語言 能力 很 差 。

Xiànzài chūlai gōngzuò, dōu děi huì shuō Pǔtōnghuà. Yàoshi
12. 現 在 出來 工 作 ，都 得 會 說 普通 話 。要是

nèidì shāngjiā dào wǒmen gōngsī, nèi jǐ tiān wǒ shuō Pǔtōnghuà
內地 商 家 到 我們 公司 ，那 幾 天 我 說 普 通 話

bǐ Guǎngdōnghuà duō.
比 廣 東 話 多 。

Nǐ méi wèntí, shàngxué de shíhou Pǔtōnghuà chéngjì jiù hěn hǎo.
13. 你 沒 問題 ，上 學 的 時候 普 通 話 成績 就 很 好 。

Zánmen bānzhǎng zuò shénme ne?
咱 們 班 長 做 什 麼 呢？

Zuò gōngwùyuán, tiěfànwǎn. Nǐ jìde nèige fēngjì duìzhǎng
14. 做 公 務 員 ，鐵 飯 碗 。你 記得 那個 風紀 隊 長

ma, dāng jǐngchá le.
嗎， 當 警 察 了。

Yǒu yìsi! Wǒ gǎn shíjiān, bù liáo le, yǒu kòngr zánmen chīfàn.
15. 有意思！我 趕 時間 ，不 聊 了 ，有 空兒 咱 們 吃飯 。

有關詞語 B13-3

（一）

shòuhuòyuán 售貨員　dǎoyóu 導遊　zǒngcái 總裁　jīnglǐ 經理　lǜshī 律師　kuàijìshī 會計師　jīngjì 經紀

xíngzhèng zhǔrèn 行政主任　bùmén zhǔguǎn 部門主管　shègōng 社工　sījī 司機　jìzhě 記者

gēshǒu 歌手　zhùlǐ 助理　jìshùyuán 技術員　fúwùyuán 服務員　jiēdàiyuán 接待員　guǎnlǐyuán 管理員

bǎo'ānyuán 保安員　xiāofángyuán 消防員　chéngshì shèjìyuán 程式設計員

（二）

Láogōngchù 勞工處　zhíwèi 職位　gùzhǔ 僱主　gùyuán 僱員　chuàngyè 創業　rènmìng 任命　tíshēng 提升

tuìxiū 退休　kāizhāng 開張　dǎobì 倒閉　gōngjījīn 公積金　zuìdī gōngzī 最低工資　xīnchóu tiáozhěng 薪酬調整

zhìdù 制度　fúlì 福利

練　習

一、發音練習

［第三聲連讀變調］

（ˇ ˇ ⟶ ˊ ˇ）

老闆　保養　很好　早晚

好幾年　我趕時間。　說普通話比廣東話多。

［“一”、“不”變調］

一直　一次

不做　不說　不好　不聊

悶不悶　坐不住　還不是　差不多　顧不了

二、辨別字音

1. 差（chā）：　差別　誤差

   差（chà）：　差不多　很差

   差（chāi）：　出差　差事

   差（cī）：　參差

2. 績（jì）：　　成績　　功績

職（zhí）：　　職業　　求職

3. 紀（jì）：　　風紀　　經紀

幾（jǐ）：　　幾天　　第幾

三、課堂談話內容

1. 你在什麼地方工作？日常做的工作都有哪些？

2. 找工作有哪些途徑？你的工作是怎麼找到的？你還記得面試時的情景嗎？

3. 你覺得怎樣才算是一份滿意的工作？說說你的看法。

Ǒuyù

第十四課 偶遇

B14-1

guàngguang 逛逛　shùnbiàn 順便　gànmá 幹嗎　yíkuàir 一塊兒　chuánpiào 船票　Àomén 澳門

Guǎngzhōu 廣州　xiànzài 現在　dābànr 搭伴兒　zuìjìn 最近　lǚkè 旅客　jiāoyìhuì 交易會　qījiān 期間　fàngjià 放假

B14-2

Xiǎo Lín, nǐ dào nǎr qu?
1. 小林，你到哪兒去？

Jīntiān wǒ xiūxi, wǒ xiǎng dào shūdiàn qu guàngguang, shùnbiàn
2. 今天我休息，我想到書店去逛逛，順便

mǎi jǐ běn shū. Nǐ zài zhèr gànmá ne?
買幾本書。你在這兒幹嗎呢？

Wǒ zài děng Zhāng Míng, tā hé wǒ yuēhǎo zài zhèr jiànmiàn,
3. 我在等張明，他和我約好在這兒見面，

ránhòu yíkuàir qù lǚxíngshè mǎi piào.
然後一塊兒去旅行社買票。

Nǐmen yào dào nǎr qu, yào shàng Àomén ma?
4. 你們要到哪兒去，要上澳門嗎？

Bù, wǒmen yào qù Guǎngzhōu、Shànghǎi hé Běijīng.
5. 不，我們要去廣州、上海和北京。

Nǐmen shì qù lǚxíng, háishi qù zuò shēngyi?
6. 你們是去旅行，還是去做生意？

Wǒmen gōngsī hé nèidì yǒu diǎnr màoyì wǎnglái, jīngcháng děi yǒu
7. 我們公司和內地有點兒貿易往來，經常得有

rén qù pǎo, zhèi huí gōngsī jīnglǐ ràng wǒ péi tā yíkuàir qù.
人去跑，這回公司經理讓我陪他一塊兒去。

Zhēn shì gè hǎo chāishi, zhè shì yì zhǒng miǎnfèi lǚxíng. Xiànzài
8. 真是個好差使，這是一種免費旅行。現在

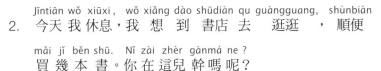

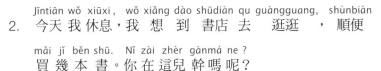

Zhāng Míng yě zài nǐmen gōngsī zuò shì ma?
張明也在你們公司做事嗎？

Méiyou, tā zhènghǎo yě yào qù Guǎngzhōu hé Shànghǎi bàn
9. 沒有，他正好也要去廣州和上海辦

shì, suǒyǐ wǒmen juédìng dābànr yìqǐ qù.
事，所以我們決定搭伴兒一起去。

Tīngshuō zuìjìn láiwǎng yú Xiānggǎng hé nèidì de lǚkè hěn
10. 聽說最近來往於香港和內地的旅客很

duō, chuánpiào、huǒchēpiào hé fēijīpiào dōu bú dà hǎo mǎi.
多，船票、火車票和飛機票都不大好買。

Shì *a*! Tèbié shì zài jiérì hé Guǎngzhōu Jiāoyìhuì qījiān, láiwǎng
11. 是啊！特別是在節日和廣州交易會期間，來往

de rén gèng duō.
的人更多。

Zài xuéxiào fàngjià de shíhou, qù tànqīn、lǚxíng de rén yě
12. 在學校放假的時候，去探親、旅行的人也

fēicháng duō.
非常多。

Jiùshì, suǒyǐ wǒmen cái zhème zǎo qù mǎi piào.
13. 就是，所以我們才這麼早去買票。

有關詞語 B14-3

（一）

chūkǒu jìnkǒu tánpàn yàngpǐn bàojià dìnghuò dìngdān
出口 進口 談判 樣品 報價 訂貨 訂單

bàoguān cǎigòu wàixiāo shāngbiāo zhuāngguì huòyùn wùliú
報關 採購 外銷 商標 裝櫃 貨運 物流

chǎngshāng yínháng zhīpiào huìkuǎn tí kuǎn
廠商 銀行 支票 匯款 提款

（二）

hǎojiǔ méi jiàn　zěnmeyàng　a
好久沒見　怎麼樣　啊

hái　kěyǐ　mǎma hūhū　bú suàn tài máng
還可以　馬馬虎虎　不算太忙

pàngle　shòule
胖了　瘦了

練習

一、發音練習

［輕聲］

láiwáng de rén　fàngjià de shíhou
來往的人　放假的時候

gànmá ne　shàng Àomén ma?　shì　a
幹嗎呢　上澳門嗎？　是啊

wǒmen　nǐmen
我們　你們

guàngguang
逛逛

xiūxi　shēngyi　chāishi
休息　生意　差使

二、辨別字音

1. 貿（mào）：　貿易　商貿

　謀（móu）：　謀生　計謀

2. 特（tè）：　特別　特等　特徵

　突（tū）：　突然　突出　衝突

3. 踏（tà）：　踏步　腳踏實地

　搭（dā）：　搭伴兒　搭檔

三、課堂談話內容

1. 在街上遇到同事，互相之間會說些什麼話？兩個人扮演一下。

> 提示：
>
> 打招呼、寒暄幾句、互問去向……

2. 在餐廳遇到朋友，跟他（她）約一個時間見面。

3. 見到一位老同學，他問到你的工作和生活，請你跟他談談你的近況。

第十五課 買東西

Mǎi Dōngxi

（一）

B15-1

liǎng wèi mǎi máoyī chènshān suíbiàn kuǎnshì xīnyǐng pǐnzhì
兩 位 買 毛衣 襯 衫 隨便 款 式 新穎 品質

jiǔ zhé zhēnsī xiùhuā hùnfǎng jiàlián-wùměi xǐ yùn yánsè huàn
九 折 真絲 繡花 混紡 價廉物美 洗 熨 顏色 換

B15-2

1. Liǎng wèi xiǎng mǎi diǎnr shénme?
兩 位 想 買 點兒 什 麼？

2. Wǒmen xiǎng kànkan máoyī hé chènshān.
我們 想 看看 毛衣 和 襯衫 。

3. Qǐng suíbiàn kàn ba, zhè máoyī kuǎnshì xīnyǐng, shì gāng dào de xīn chǎnpǐn.
請 隨便 看 吧，這 毛衣 款式 新穎 ，是 剛 到 的 新 產品 。

4. Zhè máoyī tài huā le, wǒ kě bú yào, yǒu sù yìdiǎnr de ma?
這 毛衣 太 花 了，我 可 不 要，有 素 一點兒 的 嗎？

5. Nà nín kànkan zhè chún yángmáo de zěnmeyàng? Pǐnzhì hěn hǎo, jì měiguān yòu dàfang.
那 您 看看 這 純 羊毛 的 怎麼樣 ？品質 很 好 ，既 美觀 又 大方 。

6. Duōshao qián yí jiàn?
多少 錢 一 件？

7. Jiǔbǎiliù.
九百六。

Tài guì le, néng dǎ jiǔ zhé dehuà, wǒ jiù mǎi yí jiàn.
8. 太貴了，能打九折的話，我就買一件。

Hǎo ba, nín jiù yào zhèi jiàn ma?
9. 好吧，您就要這件嗎？

Bù, wǒ yào qiǎnlánsè zhōnghào(r) de.
10. 不，我要淺藍色中號（兒）的。

Chènshān zài zhèibian, yǒu zhēnsī xiùhuā(r) de, yǒu chúnmián de, hái yǒu ...
11. 襯衫在這邊，有真絲繡花（兒）的，有純棉的，還有……

Yǒu hùnfǎng de ma?
12. 有混紡的嗎？

Yǒu, gè zhǒng yánsè de dōu yǒu, měi jiàn yìbǎijiǔ, jiàlián-wùměi, xǐle hái búyòng yùn.
13. 有，各種顏色的都有，每件一百九，價廉物美，洗了還不用熨。

Yě yǒu jiǔ zhé ma?
14. 也有九折嗎？

Yǒu, nín chuān duō dà de? Wǒ gěi nín liángliang.
15. 有，您穿多大的？我給您量量。

Bú yào zhèi zhǒng yánsè de, wǒ yào mǐhuángsè de.
16. 不要這種顏色的，我要米黃色的。

Hǎo, wǒ gěi nín huàn yí jiàn.
17. 好，我給您換一件。

（二）

B15-3

báicài 白菜	qiézi 茄子	cì(r) 刺（兒）	lùn jīn mài 論斤賣	shǎo 少	zhǎng 漲	piányi 便宜
língqián 零錢	zhǎo de kāi 找得開					

Qǐng nǐ gěi wǒ ná yì kǔn(r) xiǎobáicài, yì jīn qiézi, zài
18. 請你給我拿一捆(兒)小白菜，一斤茄子，再 B15-4

yào yí kuài jiāng, yígòng duōshao qián?
要一塊薑，一共多少錢？

Sānshí'èr kuài.
19. 三十二塊。

Zhè yú cì(r) duō ma? Shì lùn jīn mài, háishi lùn tiáo mài?
20. 這魚刺(兒)多嗎？是論斤賣，還是論條賣？

Zhè yú hěn xīnxian, cì(r) hěn shǎo, yì tiáo bāshí kuài.
21. 這魚很新鮮，刺(兒)很少，一條八十塊。

Ài! Yòu zhǎng le, mǎi liǎng tiáo néng piányi diǎnr ma?
22. 唉！又漲了，買兩條能便宜點兒嗎？

Suàn nín yì bǎiwǔ.
23. 算您一百五。

Méiyǒu língqián, wǔbǎi de, zhǎo de kāi ma?
24. 沒有零錢，五百的，找得開嗎？

Yì qiān dōu méi wèntí, nín hái yào diǎnr shénme?
25. 一千都沒問題，您還要點兒什麼？

有關詞語 B15-5

(一)

màozi chángkù qúnzi wàitàor wéijīn T xùshān xié wàzi
帽子 長褲 裙子 外套兒 圍巾 T恤衫 鞋 襪子

shǒutíbāo pídài diànshìjī wēibōlú shǒubiǎo shùmǎ xiàngjī
手提包 皮帶 電視機 微波爐 手錶 數碼相機

shǒujī píngbǎn diànnǎo huánggua xī hóngshì pútao yīngtao
手機 平板電腦 黃瓜 西紅柿 葡萄 櫻桃

cǎoméi lǐzi míhóutáo bǎihuò gōngsī liánsuǒdiàn
草莓 李子 獼猴桃 百貨公司 連鎖店

diànnǎo shāngchǎng càishìchǎng pùzi
電腦商場 菜市場 舖子

（二）

yāoyao duō zhòng　duō ná jǐ ge　ràng wǒ tiāotiao
約約 多 重　多 拿 幾 個　讓 我 挑 挑

Yǒu bǎoxiū ma?　Qǐng kāi yì zhāng fā piào.
有 保 修 嗎？　請 開 一 張 發 票。

Néng yòng xìnyòngkǎ fù kuǎn ma?　Yǒu méiyǒu zhékòu?
能 用 信 用 卡 付 款 嗎？　有 沒 有 折 扣？

練　習

一、發音練習

［兒化］

mǎi diǎnr 買 點兒	想買點兒什麼？
yì diǎnr 一點兒	有素一點兒的嗎？
yào diǎnr 要 點兒	還要點兒什麼？
cìr 刺兒	這魚刺兒很少。
piányi diǎnr 便宜 點兒	能便宜點兒嗎？

［輕聲］

zhōnghào(r) de 中號（兒）的	xiù huā(r) de 繡花（兒）的	mǐhuángsè de 米黃色 的	
tài huā le 太 花 了	tài guì le 太 貴 了	yòu zhǎng le 又 漲 了	zhǎo de kāi 找 得 開

shénme 什麼	qié zi 茄子	zhèibian 這邊
kànkan 看看	liángliang 量量	
duōshao 多少		

二、辨別字音

1. 隨（suí）：　隨便　跟隨

   純（chún）：　純棉　單純

   款（kuǎn）：　款式　付款

   品（pǐn）：　產品　品質

2. 折（zhé）：　九折　折斷

   節（jié）：　春節　節目

3. 斤（jīn）：　每斤　斤兩

   根（gēn）：　一根　根本

三、課堂談話內容

模擬下列情境買東西：

1. 冬天準備到北京出差，購買所需物品。
2. 在家招待客人吃飯，事先買好各種食品。
3. 為朋友購買生日禮物。

附　錄

普通話音節表

例字 聲母	韻母	開口的韻母							
		a	o	e	ê	er	-i	ai	ei
雙唇音	b	ba 巴	bo 玻					bai 白	bei 杯
	p	pa 趴	po 坡					pai 拍	pei 呸
	m	ma 媽	mo 摸	me 麼				mai 埋	mei 眉
唇齒音	f	fa 發	fo 佛						fei 飛
舌尖中音	d	da 搭		de 得				dai 呆	dei 得
	t	ta 他		te 特				tai 胎	
	n	na 拿		ne 訥				nai 奶	nei 內
	l	la 拉		le 樂				lai 來	lei 雷
舌根音	g	ga 嘎		ge 哥				gai 該	gei 給
	k	ka 卡		ke 科				kai 開	kei 剋
	h	ha 哈		he 喝				hai 海	hei 黑
舌面音	j								
	q								
	x								
舌尖後音	zh	zha 渣		zhe 遮			zhi 知	zhai 齋	zhei 這
	ch	cha 插		che 車			chi 吃	chai 拆	
	sh	sha 沙		she 奢			shi 詩	shai 篩	shei 誰
	r			re 熱			ri 日		
舌尖前音	z	za 雜		ze 則			zi 資	zai 災	zei 賊
	c	ca 擦		ce 測			ci 疵	cai 猜	cei 𤭢
	s	sa 撒		se 色			si 私	sai 腮	
零聲母		a 啊	o 噢	e 鵝	ê 欸	er 兒		ai 哀	ei 欸

例字 \ 韻母 聲母		開口的韻母						
		ao	ou	an	en	ang	eng	ong
雙唇音	b	bao 包		ban 般	ben 奔	bang 幫	beng 崩	
	p	pao 拋	pou 剖	pan 潘	pen 噴	pang 乓	peng 烹	
	m	mao 貓	mou 謀	man 蠻	men 悶	mang 忙	meng 矇	
唇齒音	f		fou 否	fan 翻	fen 分	fang 方	feng 風	
舌尖中音	d	dao 刀	dou 兜	dan 單	den 扽	dang 當	deng 登	dong 東
	t	tao 滔	tou 偷	tan 攤		tang 湯	teng 疼	tong 通
	n	nao 腦	nou 耨	nan 南	nen 嫩	nang 囊	neng 能	nong 農
	l	lao 撈	lou 樓	lan 蘭		lang 郎	leng 冷	long 龍
舌根音	g	gao 高	gou 溝	gan 甘	gen 根	gang 剛	geng 耕	gong 工
	k	kao 考	kou 摳	kan 刊	ken 肯	kang 康	keng 坑	kong 空
	h	hao 蒿	hou 後	han 酣	hen 很	hang 杭	heng 哼	hong 轟
舌面音	j							
	q							
	x							
舌尖後音	zh	zhao 招	zhou 周	zhan 沾	zhen 真	zhang 張	zheng 爭	zhong 中
	ch	chao 超	chou 抽	chan 攙	chen 琛	chang 昌	cheng 稱	chong 充
	sh	shao 燒	shou 收	shan 山	shen 伸	shang 傷	sheng 生	
	r	rao 繞	rou 柔	ran 然	ren 人	rang 嚷	reng 扔	rong 榮
舌尖前音	z	zao 遭	zou 鄒	zan 簪	zen 怎	zang 髒	zeng 增	zong 宗
	c	cao 操	cou 湊	can 參	cen 岑	cang 倉	ceng 層	cong 聰
	s	sao 搔	sou 搜	san 三	sen 森	sang 桑	seng 僧	song 鬆
零聲母		ao 凹	ou 歐	an 安	en 恩	ang 骯	eng 鞥	

例字 聲母 韻母		i開頭的韻母									
		i	ia	ie	iao	iu (iou)	ian	in	iang	ing	iong
雙唇音	b	bi 逼		bie 別	biao 標		bian 邊	bin 賓		bing 冰	
	p	pi 批		pie 撇	piao 飄		pian 篇	pin 拼		ping 乒	
	m	mi 瞇		mie 咩	miao 苗	miu 謬	mian 棉	min 民		ming 明	
唇齒音	f										
舌尖中音	d	di 低		die 爹	diao 雕	diu 丟	dian 顛			ding 丁	
	t	ti 梯		tie 貼	tiao 挑		tian 天			ting 聽	
	n	ni 妮		nie 捏	niao 鳥	niu 妞	nian 年	nin 您	niang 娘	ning 寧	
	l	li 哩	lia 倆	lie 咧	liao 撩	liu 溜	lian 連	lin 林	liang 涼	ling 拎	
舌根音	g										
	k										
	h										
舌面音	j	ji 基	jia 家	jie 街	jiao 交	jiu 究	jian 堅	jin 今	jiang 江	jing 京	jiong 窘
	q	qi 七	qia 掐	qie 切	qiao 敲	qiu 秋	qian 千	qin 親	qiang 腔	qing 清	qiong 窮
	x	xi 希	xia 瞎	xie 些	xiao 消	xiu 休	xian 先	xin 新	xiang 香	xing 星	xiong 兄
舌尖後音	zh										
	ch										
	sh										
	r										
舌尖前音	z										
	c										
	s										
零聲母		yi 衣	ya 鴨	ye 耶	yao 腰	you 優	yan 煙	yin 因	yang 央	ying 英	yong 庸

例字 / 韻母 / 聲母		u開頭的韻母									ü開頭的韻母			
		u	ua	uo	uai	ui (uei)	uan	un (uen)	uang	ueng	ü	üe	üan	ün
雙唇音	b	bu 不												
	p	pu 鋪												
	m	mu 木												
唇齒音	f	fu 夫												
舌尖中音	d	du 督		duo 多		dui 堆	duan 端	dun 蹲						
	t	tu 禿		tuo 脱		tui 推	tuan 湍	tun 吞						
	n	nu 奴		nuo 挪			nuan 暖				nü 女	nüe 虐		
	l	lu 嚕		luo 囉			luan 亂	lun 掄			lü 呂	lüe 略		
舌根音	g	gu 姑	gua 瓜	guo 鍋	guai 乖	gui 規	guan 關	gun 滾	guang 光					
	k	ku 哭	kua 誇	kuo 闊	kuai 快	kui 虧	kuan 寬	kun 昆	kuang 筐					
	h	hu 呼	hua 花	huo 豁	huai 懷	hui 灰	huan 歡	hun 昏	huang 荒					
舌面音	j										ju 居	jue 撅	juan 捐	jun 軍
	q										qu 區	que 缺	quan 圈	qun 群
	x										xu 虛	xue 靴	xuan 宣	xun 熏
舌尖後音	zh	zhu 珠	zhua 抓	zhuo 桌	zhuai 拽	zhui 追	zhuan 專	zhun 諄	zhuang 裝					
	ch	chu 初	chua 欻	chuo 戳	chuai 揣	chui 吹	chuan 穿	chun 春	chuang 窗					
	sh	shu 書	shua 刷	shuo 説	shuai 衰	shui 水	shuan 栓	shun 順	shuang 雙					
	r	ru 如		ruo 若		rui 瑞	ruan 軟	run 潤						
舌尖前音	z	zu 租		zuo 昨		zui 最	zuan 鑽	zun 尊						
	c	cu 粗		cuo 撮		cui 催	cuan 汆	cun 村						
	s	su 蘇		suo 縮		sui 雖	suan 酸	sun 孫						
零聲母		wu 烏	wa 蛙	wo 窩	wai 歪	wei 威	wan 彎	wen 溫	wang 汪	weng 翁	yu 迂	yue 約	yuan 冤	yun 暈

[注] 上表各音節例字中，如屬非第一聲字，均加底色。

漢語拼音方案

一、字母表

字母：	A a	B b	C c	D d	E e	F f	G g
名稱：	ㄚ	ㄅㄝ	ㄘㄝ	ㄉㄝ	ㄜ	ㄝㄈ	ㄍㄝ
	H h	I i	J j	K k	L l	M m	N n
	ㄏㄚ	ㄧ	ㄐㄧㄝ	ㄎㄝ	ㄝㄌ	ㄝㄇ	ㄋㄝ
	O o	P p	Q q	R r	S s	T t	
	ㄛ	ㄆㄝ	ㄑㄧㄡ	ㄚㄦ	ㄝㄙ	ㄊㄝ	
	U u	V v	W w	X x	Y y	Z z	
	ㄨ	ㄪㄝ	ㄨㄚ	ㄒㄧ	ㄧㄚ	ㄗㄝ	

V 只用來拼寫外來語、少數民族語言和方言。字母的手寫體依照拉丁字母的一般書寫習慣。

二、聲母表

b	p	m	f		d	t	n	l
ㄅ玻	ㄆ坡	ㄇ摸	ㄈ佛		ㄉ得	ㄊ特	ㄋ訥	ㄌ勒
g	k	h			j	q	x	
ㄍ哥	ㄎ科	ㄏ喝			ㄐ基	ㄑ欺	ㄒ希	
zh	ch	sh	r		z	c	s	
ㄓ知	ㄔ蚩	ㄕ詩	ㄖ日		ㄗ資	ㄘ雌	ㄙ思	

在給漢字注音的時候，為了使拼式簡短，zh ch sh 可以省作 ẑ ĉ ŝ。

三、韻母表

		i ㄧ　衣	u ㄨ　烏	ü ㄩ　迂
a ㄚ	啊	ia ㄧㄚ　呀	ua ㄨㄚ　蛙	
o ㄛ	喔		uo ㄨㄛ　窩	
e ㄜ	鵝	ie ㄧㄝ　耶		üe ㄩㄝ　約
ai ㄞ	哀		uai ㄨㄞ　歪	
ei ㄟ	欸		uei ㄨㄟ　威	
ao ㄠ	熬	iao ㄧㄠ　腰		
ou ㄡ	歐	iou ㄧㄡ　憂		
an ㄢ	安	ian ㄧㄢ　煙	uan ㄨㄢ　彎	üan ㄩㄢ　冤
en ㄣ	恩	in ㄧㄣ　因	uen ㄨㄣ　溫	ün ㄩㄣ　暈
ang ㄤ	昂	iang ㄧㄤ　央	uang ㄨㄤ　汪	
eng ㄥ	亨的韻母	ing ㄧㄥ　英	ueng ㄨㄥ　翁	
ong (ㄨㄥ)	轟的韻母	iong ㄩㄥ　雍

（1）“知、蚩、詩、日、資、雌、思”等七個音節的韻母用 i，即：知、蚩、詩、日、資、雌、思等字拼作 zhi、chi、shi、ri、zi、ci、si。

（2）韻母儿寫成 er，用做韻尾的時候寫成 r。例如：“兒童”拼作 er tong，“花兒”拼作 huar。

（3）韻母せ單用的時候寫成 ê。

（4）i 行的韻母，前面沒有聲母的時候，寫成 yi（衣）、ya（呀）、ye（耶）、yao（腰）、you（憂）、yan（煙）、yin（因）、yang（央）、ying（英）、yong（雍）。

u 行的韻母，前面沒有聲母的時候，寫成 wu（烏）、wa（蛙）、wo（窩）、wai（歪）、wei（威）、wan（彎）、wen（溫）、wang（汪）、weng（翁）。

ü 行的韻母，前面沒有聲母的時候，寫成 yu（迂）、yue（約）、yuan（冤）、yun（暈）；ü 上兩點省略。

ü 行的韻母跟聲母 j、q、x 拼的時候，寫成 ju（居）、qu（區）、xu（虛），ü 上兩點也省略；但是跟聲母 n、l 拼的時候，仍然寫成 nü（女）、lü（呂）。

（5）iou、uei、uen 前面加聲母的時候，寫成 iu、ui、un。例如 niu（牛）、gui（歸）、lun（論）。

（6）在給漢字注音的時候，為了使拼式簡短，ng 可以省作 ŋ。

四、聲調符號

陰平	陽平	上聲	去聲
ˉ	ˊ	ˇ	ˋ

聲調符號標在音節的主要母音上，輕聲不標。例如：

媽 mā	麻 má	馬 mǎ	罵 mà	嗎 ma
（陰平）	（陽平）	（上聲）	（去聲）	（輕聲）

五、隔音符號

a、o、e 開頭的音節連接在其他音節後面的時候，如果音節的界限發生混淆，用隔音符號（'）隔開，例如：pi'ao（皮襖）。

責任編輯　李玥展　張橙子　席若菲
美術設計　吳冠曼
朗　　讀　楊長進　肖正芳

書　　名　**新編普通話教程・初級**（修訂版）（錄音掃碼即聽版）
編　　著　肖正芳　楊長進　張勵妍
統　　籌　姚德懷
主　　編　繆錦安
出　　版　三聯書店（香港）有限公司
香港北角英皇道 499 號北角工業大廈 20 樓
Joint Publishing (H.K.) Co., Ltd.
20/F., North Point Industrial Building,
499 King's Road, North Point, Hong Kong
香港發行　香港聯合書刊物流有限公司
香港新界荃灣德士古道 220-248 號 16 樓
印　　刷　美雅印刷製本有限公司
香港九龍觀塘榮業街 6 號 4 樓 A 室
版　　次　2012 年 11 月香港修訂版第一版第一次印刷
2023 年 9 月香港修訂版第二版第一次印刷
規　　格　大 32 開（140 × 210 mm）148 面
國際書號　ISBN 978-962-04-5321-2